KB261204

문주

문주

© 양선미, 2000

초판 1쇄 인쇄일 · 2000년 11월 28일
초판 1쇄 발행일 · 2000년 11월 30일

지은이 · 양선미
펴낸이 · 김현주
펴낸곳 · 이룸

출판등록 1997년 10월 30일 제10-1502호
121-210 서울시 마포구 서교동 395-101 우신빌딩 5층
전화 (02)324-2347,9 | 팩스 (02)324-2348
e-mail | 나우누리, 천리안, 넷츠고 · jamo7
　　　　하이텔 · jamo
ISBN 89-87905-32-2　03810

값 7,500원

● 잘못된 책은 교환해 드립니다.
● 저자와의 협의하에 인지는 붙이지 않습니다.

문주

양선미 장편소설

이룸

인간은 모두 태어날 때부터 영웅이다

양수(羊水)에서 수생동물(水生動物) 상태를
지나고, 공기를 호흡하는 포유동물 상태를
지나 홀로 서기까지 엄청난 심리적, 육체적
변모 과정을 거치기 때문에 인간은 모두 태
어날 때부터 영웅이다.

—오토랑크의 『영웅의 탄생 신화』 중에서

그리고 조셉 캠벨은 말했다. 이 모든 과정을 주관하고 몸으로
경험하는 어머니야말로 진정한 영웅이라고.

처녀에서 어머니로 변모하는 과정이야말로 가장 위대한 영웅

의 행적과도 같다. 여자의 몸 속에 있는 수십, 수백만의 세포들
이 일제히 움직이고 수런거리면서 한 생명이 숨을 틔운다.

여자들은 자신의 생명을 다른 생명에게 나누어주는 것으로
진정한 생을 영위한다. 그것뿐만이랴. 그 생명이 세상의 빛에
내몰린 후에도 여자의 사명은 끝나지 않는다. 자신의 온전한 또
다른 생명이 진정한 꽃을 피울 때까지, 혹은 빛을 받지 못한 채
그대로 스러질 때까지도 여자는 결코 그 곁을 떠나지 않는다.

그런 의미에서 이 글은 한 영웅의 이야기다. 음지식물처럼 여
리고 창백하지만 땅 속 깊은 곳에 온전히 자신의 가는 뿌리를
뻗어가게 하는 멋없고도 질기디질긴 한 여자의 이야기다.

어느 분이 내게 물은 적이 있다. 입을 것과 먹을 걱정이 없어
도 내가 지금 하고 있는 일을 계속 하겠느냐고. 그 말을 듣고
나는 그만 웃고 말았다. 그런 걱정은 할 필요도 없는 것이, 지
금 내가 하고 있는 이 일이 아직까지는 내게 먹을 것도 입을 것
도 주지 않거니와 앞으로도 그럴 희망이 전혀 없어 보이기 때
문이다.

그러면서, 공연히 쑥스러워 실없는 사람처럼 키득키득 웃다
가 문득 깨닫게 되었다. 지금 이 일이 내게 얼마나 소중한 것인
가를.

먹을 것과 입을 것을 주지는 않지만 글을 쓰는 행위가 내게

주는 것도 있기는 있다. 갑자기 눈에 띄기 시작한 여러 가닥의 새치와, 갱년기 여자의 그것처럼 불쑥불쑥 솟구치는 알 수 없는 열기와 여러 날을 혼자 있어도 전혀 답답증을 느끼지 않는 자폐적인 증상과 또 맛도 모르고 마셔대는 여러 가지의 차 종류까지…….

그럼에도 불구하고 나는 이 일이 즐겁다. 글을 쓸 때면 연애를 하는 것처럼 설렌다. 글을 쓰기 위해 겪는 고통은 사랑을 쟁취하기 위한 고민처럼 감미롭다.

내게 글을 쓰도록 해주신 신께 감사드린다.

2000년 10월 양선미

살갗처럼 배어드는 두 겹의 사랑 이야기

이제 제자리를 찾은 것뿐이야.
길고 긴 미로를 거쳐
제 갈 길을 가는 여행자나
아니면 잠시 길을 잘못 든
잠수함같이.

1

　날카로운 여자의 비명 소리가 윙윙대며 떠도는 울림 사이를 여지없이 뚫고 솟아올랐다.

　움직임을 멈추고 문주는 소리가 나는 쪽을 바라보았다. 밀폐된 공간 안에 가득 채워진 불투명한 수증기가 둔탁하게 밀리고 있었다. 그 틈새로 물을 끼얹고 있거나, 붉게 달아오른 아이의 여린 등을 사정없이 후려치는 중년 여자의 상기된 모습이 언뜻언뜻 지나갔다.

　뜨거운 기운이 닿을 때마다 섬뜩하도록 붉게 드러나는 수술 자국을 문주는 살며시 어루만져보았다.

출산을 대비하여 목욕을 하고 있을 때도 문주는 습관처럼 자신의 배를 들여다보고 있었다. 적어도 사색이 된 엄마가 신발도 벗지 않은 채 목욕탕 안으로 뛰어들기 전까지는…….

영문을 몰라하는 문주 앞에서 엄마는 아무 말도 하지 않은 채, 그때까지 그녀가 행복해하며 어루만지던, 숨차오르도록 부른 배 위에 엎디어 하염없이 울기만 했다. 문주는 문득 허공 중에 떠돌던 수증기가 일시에 응고되는 것을 느꼈다. 평탄하던 시간의 흐름이 어느 순간 방향을 바꾸기 위해 정지되는 순간이었다. 문주는 스스로도 놀랄 만큼의 거센 힘으로 엄마를 밀어내고 자리에서 일어났다. 사람들을 밀치며 문주는 미친 듯이 달렸다. 바로 그때였다. 쿵쿵 소리를 내며 바닥에 머리를 부딪치는 사람들의 움직임이 느껴지는 순간, 어디선가 흘러나온 질퍽한 액체가 두 다리에 엉겨붙어 그녀를 놓아주지 않은 것은.

불온한 기운을 뱃속에서부터 감지하고 나온 것처럼 아이는 꼬박 사흘 동안 밤낮을 가리지 않고 울기만 했다. 두 손과 발을 정사각으로 오므린 채 불안하게 심장만을 울리며 아무것도 입에 대려 하지 않았다.

간혹 그의 동료들이 우울한 얼굴로 몰려와 노랗게 질려버린 아이를 한없이 바라보다 돌아가는 일이 되풀이됐다. 엄마는 도통 눈을 마주치려 하지 않았다. 그러나 문주는 이해할 수 없을 정도로 담대했다. 예상하고 있던 일처럼 너무나 익숙해서 문득

문득 우울한 얼굴로 자신을 바라보는 그의 동료들이 오히려 부
담스럽기까지 했다.

또 한 번의 비명이 목욕탕을 울렸다. 문주는 그제야 짚이는
데가 있어 주위를 살펴보았다. 역시 하늘이었다. 방금 전까지만
해도 문주의 옆에 앉아 손에서 미끄러지는 비누를 신기한 듯 주
무르던 아이가 어느 틈에 건너편까지 간 것이었다.
뜻밖에도 하늘은 고집스럽게 입을 다문 채 낯선 여자의 머리
카락을 잡아채고 있는 중이었다.
"하늘아."
머리카락을 암팡지게 움켜쥔 하늘의 손을 잡으며 문주는 되
도록 부드럽게 아이를 불렀다. 머리채를 잡힌 여자는 점점 몸이
꺾여 머리가 둔부에까지 닿을 지경이었다. 문주는 다부진 손을
떼어놓기 위해 하늘을 달래기 시작했다.
"하늘아, 이 손 놔야지. 이모가 아파아파하네."
그러나 눈길 한 번 돌리지 않은 채 하늘은 여전히 고집스러
운 표정으로 여자의 머리채를 휘어잡고만 있을 뿐이었다. 결국
문주에게 모질게 손을 비틀린 후에야 여자에게서 떨어진 하늘
의 손에는, 여자의 갈색 머리카락이 이물스럽게 한 움큼 쥐여
있었다.
"미안해요. 정말 미안해요."

얼굴이 벌개진 채 어찌할 바를 모르고 앉아 있는 여자에게 문주는 달리 사과할 말을 찾지 못했다. 거듭 미안하다는 말만 되풀이하는 수밖에는.

한참 만에 흥분을 가라앉힌 여자에게서 괜찮다는 말을 들은 뒤에야 문주는 겨우 자리로 돌아올 수 있었다. 샤워기로 몸에 남아 있는 거품을 닦아내며 문주는 긴장했던 탓인지 빨리 돌아가 눕고 싶다는 생각밖에 들지 않았다.

"아야."

서둘러 목욕용품을 챙기던 문주는 갑작스러운 힘에 자기도 모르게 소리를 지르고 말았다. 어느 틈에 하늘이 다시 문주의 뒤로 가 머리를 끌어당기고 있었던 것이다.

아이의 힘이라고는 믿어지지 않을 만큼 강하게 하늘은 문주의 머리를 끌어당겼다. 문주는 몸의 중심이 뒤쪽으로 스러지는 위기감에 양팔을 바닥에 붙였다. 하늘은 점점 뒤쪽으로 달아나고 있었다.

옆에서 머리를 감던 여자가 비명 소리에 놀라 하늘을 만류하지 않았다면 곧 바닥에 머리를 부딪치고 말 지경이었다. 여자가 하늘을 잡고 있는 동안 문주는 재빨리 머리를 빼내려고 했지만 워낙 아귀힘이 강한 탓에 쉽지 않았다. 간신히 하늘의 손에서 벗어났을 때는 정수리 한 부분이 옴폭 파인 것 같은 느낌에 머리가 다 아플 지경이었다. 그러나 엉킨 머리를 수습하던 문주는 기어코 하늘의 뺨을 때리고야 말았다. 자신의 몸을 조이는 답답함을 견디지 못하던 하늘이 여자의 오른쪽 팔뚝을 깨물고 말았던 것이다.

하늘에게서 떨어져나온 여자가 팔목을 잡고 목욕탕 바닥에 쓰러졌다. 하늘은 급작스레 부풀어오른 볼을 잡고 예의 그 낯선 소리로 울부짖기 시작했다. 흩어져 있던 사람들이 갑작스러운 소동에 문주의 주위로 몰려들었다.

"아니, 왜 이렇게 난리야."

"어쩌면 애가 저리도 그악스러울까."

"어머, 저 아줌마 팔뚝에 피 맺힌 것 좀 봐. 병원에라도 가야겠는걸."

그러나 지갑을 모두 뒤져 여자에게 치료비를 주고 집으로 돌아오는 길에 하늘은 언제 그런 일이 있었느냐는 듯 너무도 천진스러웠다. 정확하지 않은 발음으로 문주를 불러보려고 애를 쓰기도 하고, 문주의 등에서 내려 보도블록의 금을 밟지 않으려고 하기도 했다. 간혹 문주와 눈을 맞추며 잇몸을 드러내고 웃을 때마다 볼에는 아직 가라앉지 않은 문주의 손자국이 선명하게 드러났다.

2

"어, 마침 왔구나. 이리 와봐라."

앙콤이 아줌마가 와 있다가 문주를 보고 아는 체를 했다. 여전히 짙은 노랑으로 물들인 머리는 윤기가 없이 퍼석퍼석했다. 딴엔 모양을 부리느라고 그랬는지 흘러내린 앞머리를 모조 보석으로 함부로 틀어올리기까지 했다. 아줌마를 볼 때마다 문주는 공연히 웃음이 나왔다. 누가 붙인 별명인지는 몰라도 정말로 딱 들어맞는 별명이라는 생각이 들기 때문이었다. 바늘로 찌르듯 날카로운 목소리와 매서우면서도 다소 얄미운 인상은 앙콤이라는 별명과 너무나 잘 어울려서 더욱 그 인상을 굳어지게 하는 것 같았다.

며칠 상관으로 보는 얼굴임에도 하늘은 아무래도 적응이 되지 않는 모양이었다. 어느 틈에 하늘은 문주의 뒤로 몸을 감추고 숨을 죽이고 있었다.

"하늘이, 안녕하세요, 하고 인사해야지."

"오, 하늘이도 있구나. 이리 와봐. 할머니가 안아줄게."

그러나 하늘은 아예 문주의 두 다리를 꽉 잡고 매달려 있다시피 했다.

"너, 이것 좀 봐라."

하늘을 떼어내느라 애를 쓰고 있는 문주의 곁으로 바투 다가 앉으며 앙콤이 아줌마가 말했다.

"뭔데요."

"뭐긴, 잘생긴 남자 사진이지. 어떠냐, 괜찮지. 너 아무 말 말고 이 남자 한번 만나봐라."

"아줌마는."

"얘가 왜 이렇게 정색을 하고 그래. 당장 시집가라는 것도 아닌데. 너 젊디나 젊은 게 이대로 혼자서 늙어 죽을래. 너 요즘은 재혼하는 거 흉 아니다. 좋은 사람 생겼을 때 얼굴만 봐두는 게 뭐 힘드니. 그리고 너, 니 엄마 혼자 사는 거 청승맞아 보이지도 않니?"

문주는 소리없이 앉아 있는 엄마를 바라보았다. 문주의 시선을 외면한 채 엄마는 짐짓 사진에 열중해 있었다.

"그럼 우리 엄마나 선 보여주세요. 저는 괜찮으니까."

"아이고, 다 늙은 할망구가 무슨 영화를 보겠다고 이제서 시집을 가. 누가 선을 본다고."

공연히 바쁜 표정을 지으며 문주가 자리를 피하려 하자 앙콤이 아줌마가 바짝 얼굴을 들이밀며 말했다.

"야, 너 이 사람이 얼마나 부자인지 아니? 딸린 자식도 없고, 너 이 집으로 시집가면 생전 손끝에 물 묻힐 일은 없을 거다. 아, 이리 와보라니까 왜 자꾸 슬금슬금 도망가?"

"예, 조금 더 있다 볼게요, 아줌마."

더 말할 틈을 주지 않기 위해 문주는 서둘러 방으로 들어왔다.

화장대를 겸하고 있는 책상 위에 은빛으로 도금된 사각의 액자가 있다. 본래의 빛을 잃어버린 채 붉은 고동색으로 변색된 틀 안에서 문주는 환하게 웃고 있었다. 그가 사고를 당하기 며칠 전 끝없이 고속도로를 달린 끝에 닿았던 곳에서 찍은 사진이었다. 모처럼만의 휴가였고, 하늘을 가졌던 문주의 배가 터질 듯이 부풀기 시작할 무렵이었다.

늘 바쁘던 세훈이 급작스레 전화를 걸어 문주에게 여행 갈 준비를 하라고 했을 때, 그녀는 베란다로 꽂혀 들어오는 눈부신 햇빛을 받으며 나른한 일상을 무료해하고 있었다. 그 즈음 문주는 이제 제 존재를 드러내기 시작한 아기로 인해 갈수록 심경이 날카로워지고 있던 중이었다.

"우리 둘만의 마지막 여행이야. 방해자가 태어나기 전에 다녀오자고."

지방 출장이 잦아 외박은 물론이고 집에 들어오는 날조차도 피곤해하며 문주의 불안을 달래주지 못하던 세훈이었기에, 그녀에게는 그래서 더욱 뜻밖이었고 그만큼 행복한 제안이었다.

그날 세훈과 문주는 예기치 않게 담양까지 달렸다. 처음에는 석가모니의 진신사리가 안치되어 있다는 9층탑을 보러 백양사에 들를 예정이었다. 그러던 것이 우연하게도 휴게소에 들렀을 때 옆 테이블에 앉은 한 떼의 청년들에 의해 전혀 새로운 곳으

로 출발하게 되었다. 대학생들로 보이는 청년들은 도면을 펼쳐
놓고 무엇인가에 대해 진지하게 이야기를 나누고 있었다. 성 같
기도 하고 옛날 귀족의 집 같기도 한 그 도면에 세훈은 호기심
을 갖게 되었고, 결국 소쇄원이라는 곳을 찾아나서게 되었다.

입구에 들어서자마자 둘은 많이 놀랐다. 끝을 알 수 없을 정
도로 곧게 뻗은 대나무가 숲을 이루고 있었고, 선명한 초록으로
촘촘히 세워진 대나무 숲 사이로 길이 나 있었다. 땅 밑으로 구
멍을 파서 마루에서 내다보이는 둔덕에 세운 굴뚝을 세훈과 문
주는 제법 진지하게 둘러보기도 했다. 보기 드문 팔작 지붕 아
래에서는 학생들이 도면을 가지고 군데군데 모여앉아 이야기를
나누고 있었다.

작품 사진을 찍는다며 팔작 굴뚝 옆에 세워놓고 세훈은 계속
해서 렌즈를 통해 문주를 바라보았다. 처음에는 무표정하게 서
있었으나 오히려 정작 더 멋있는 포즈로 땀을 흘리는 세훈을 보
고 문주가 결국 참지 못하고 웃음을 터뜨리자 기다렸다는 듯이
셔터를 누르며 세훈이 말했다.

"좋았어. 너무 자연스러워. 멋진 작품이 될 거야."

그러던 세훈은 꼭 일주일이 지난 뒤에 사고로 죽었다. 갑작스
럽기도 했고 암암리에 예견된 사고이기도 했다.

세훈은 건설 회사에 근무하고 있었는데 그가 하는 일은 주로
현장을 돌며 공사를 감독하고 살피는 일이었다. 때문에 직접 등

에 흙을 메고 일을 하는 것은 아니었지만 여느 인부와 마찬가지로 세훈은 늘 공사의 한가운데서 아슬아슬하게 사고를 피해 다녔다.

공사 현장에는 늘 크고 작은 사고가 잇따르게 마련이었다. 세훈이 죽기 며칠 전에도 완공 직전의 다리가 난데없이 부서진 기사가 하루종일 뉴스의 헤드를 차지한 일도 있었다. 그날 뉴스를 들으며 세훈은 자못 심각하게 말했었다.

"저런 뉴스를 들으면 마음이 서늘해져. 다른 사람 이야기 같지가 않아."

그 말을 듣고 문주는 갓 나오기 시작한 초록빛의 아오리 사과를 깎지도 않고 덥석 베어먹으며 심드렁하게 말했다.

"자기 요즘 지나치게 예민한 것 같애. 저런 일은 자주 일어나는 게 아냐."

그리고 그 다음날 세훈은 열차 사고로 죽었다. 사고가 난 회사의 공사 현장으로 급히 들어가던 중이었다. 그 무렵 세훈은 서울 근교의 도시에 수력 발전소를 짓는 공사의 감독을 맡고 있었다. 그런데 그 공사장에서 세 명의 인부가 죽는 일이 발생했다. 엘리베이터를 지탱하는 고리가 끊어져 그 안에 타고 있던 사람들이 모두 추락한 사고였다. 본사에서 볼일을 보고 있던 세훈은 소식을 듣자마자 정신없이 사고 담당자와 함께 공사장으로 향했다. 세 명이나 인부가 죽은 것은 심각한 사고였기 때문

에 걱정 이외에 세훈은 아무 생각이 없었을 것이다. 그리고 낯선 운명은 그렇게 무방비 상태에 놓여 있을 때 갑자기 제 존재를 드러내는 모양이었다.

문주도 공사장으로 가는 길에 작은 철로가 하나 놓여 있다는 말을 세훈에게 들은 적이 있었다. 놓은 지 오래되어 침목마저 땅 속으로 거의 들어간 상태였기 때문에 그곳을 지나가기 위해 특별히 기어를 바꾼다거나 하는 수고로움을 가질 필요도 없는, 그런 철로라고 했다. 사람들은 이 철로를 아무 불편 없이 드나들었고 세훈도 그랬다고 했다. 그러나 세훈은 그 철로가 가지고 있는 위험성을 조금은 인식했어야 했다. 전혀 보이지 않던 거대한 기차가 부지불식간에 나타날 수 있는 급격한 커브길이 감추어져 있다는 것도.

늘 그랬던 것처럼 그날도 세훈은, 아무 무리 없이 철로를 지나가려고 했다고 했다. 그러던 중 문제가 발생했다고 했다. 날이 너무 더웠기 때문이었다. 물론 날이 덥다는 것은 그리 중요한 일이 아닐 것이다. 그러나 너무 더운 날씨는 직원들이 사용하는 낡고 오래된 프라이드를 지치도록 하기에 충분했다. 더군다나 이미 너무 먼 길을 급하게 달려온 뒤였다고 했다.

정확하게 철로의 가운데를 지날 때 푸르르, 소리를 내며 차의 시동이 꺼졌다고 담당자는 말했다. 자신만이 살아남은 것이 미안한 듯 문주와 제대로 눈도 맞추지 못하는 그의 표정은 난처함을 넘어서 금방이라도 울어버릴 것 같았다. 전에 없던 일이라 세훈은 투덜거리며 다시 시동을 걸었지만 푸르르, 소리만을 반복할 뿐 차가 좀처럼 움직이지 않았다고 했다. 결국 세훈과 담당자는 차에서 내려야 했다고 했다. 유리 조각 같은 빛이 사정없이 땅으로 뿌려졌고 그 빛을 받은 철로가 부글부글 끓어오르던 오후였다. 세훈은 달구어진 차를 발로 땅땅 차기도 하고 보닛을 열어 이곳저곳을 살펴보기도 했다고 했다. 그러다 문득 난감한 표정으로 담당자를 바라보며 차의 밑에서 문제가 발생했을지도 모른다고 이야기했다는 것이었다. 철로가 너무 뜨거워 망설여지기는 했지만 결국 세훈이 철로 위에 엎드려 차의 바닥을 보기로 했다고 했다. 마침 뇨기를 느낀 담당자는 세훈이 엎드리는 것을 보고 수풀 속으로 걸어들어갔다는 것이었다.

그러다 그는 돌연한 소리를 듣게 되었는데 깜짝 놀라 지퍼도 제대로 올리지 못한 채 수풀 사이를 빠져나왔을 때, 그는 보았다고 했다. 불현듯 나타나 세훈을 향해 곧장 달려가는 눈부시도록 희고 거대한 물체를.

문주는 다시 방을 빠져나왔다. 붉게 변색되어 죽어가는 사진틀을 바꾸어야겠다는 생각이 들었기 때문이었다.

"너무 변했죠. 아마도 헛갈리시는 게 당연할 겁니다. 한 군데가 잘 되니까 너도 나도 카페를 세우는 통에 본래의 감치던 풍경은 다 없어져버렸지요. 물도 옛날 같지 않고요.”

오랫동안 손님을 기다렸던 탓인지, 아니면 왕복 차비를 주기로 한 문주의 약속 때문인지는 몰라도 서울에서 출발할 때부터 운전사는 영 말이 많았다. 딴에는 길가 도로까지 꼬리를 물고 주차해 놓은 빈 택시들 틈에서 요행히 장거리 손님을 잡았다는 안도감 때문인지도 몰랐다.

가끔씩 운전사의 말에 건성으로 수긍의 표시를 해보이는 문주는 연신 창밖을 내다보며 오던 길을 되짚어보았다. 분명히 퇴촌을 지나 가파른 오르막길이 시작되는 길목에서 내렸던 것이 기억났지만 눈에 익은 굵직한 활엽수나 강가로 내려가는 좁은 길은 감쪽같이 보이지 않았다. 대신 통나무로 만든 찻집이나 유행인 듯 옹기 조각을 얹어 지붕을 꾸민 토담집들만이 분별없이 섞인 채 좁은 도로며 강 끝을 잠식해가고 있을 뿐이었다. 의도적으로 발길을 끊은 탓도 있었지만 너무 오랫동안 무심했다는 자책감에 가슴 한쪽이 아려왔다.

“저 앞에서 내려주세요.”

그러다 바로 지나친 송어 횟집이 부근에 있었던 것을 기억해내고 문주는 차를 세웠다. 다시 걸어서 돌아가기에는 조금 멀다 싶었지만 목울대가 올라선 운전사의 말을 듣는 것보다는 땅을 조금 밟는 것도 괜찮겠다는 생각이 들었던 것이다.

밖으로 나오자 차 안에서 느끼던 햇살과는 달리 제법 선선한 바람이 불었다. 문주는 천천히 걷기 시작했다. 그러자 신기하게도 낯익은 풍경들이 선명하게 눈에 들어왔다. 문주는 잡풀이 우거져 잘 드러나 있지 않은 좁은 길을 찾아내고 강 아래로 걸어내려갔다.

하늘을 낳은 뒤 일주일의 입원을 끝내고 문주는 처음으로 이곳을 찾았었다. 같이 따라가주겠다는 엄마나 세훈의 친구의 제안을 뿌리치고 아직 수술의 통증이 가라앉지 않은 배를 쥐고 천천히 이 길을 내려와 친구의 설명에 따라 이곳 어디이겠거니 생각하며 몸을 웅크리고 앉아 강물을 만져보았었다.

상류에서부터 흘러오던 강물은 가끔 바람의 움직임에 의해 조금씩 몸을 뒤척였다. 강가에 숨죽이고 있던 모래가 바람에 날려 이따금씩 문주의 옷 속으로 파고들었다.

문주는 강가에 앉아 물에 발을 담갔다. 미세한 입자들이 물 속에서 발을 간질이고 지나갔다.

서늘한 기운에 소스라치며 일어났을 때는 강물이 검은빛으로 가라앉고 있었다. 강 위쪽으로 불을 밝힌 카페에서 안온한 기운이 흘러나왔다. 시계를 보니 8시가 지나고 있었다. 이곳에서 잠이 들다니. 문주는 어깨에 붙은 풀을 떼어내며 쓸쓸하게 웃었다.

집에 도착했을 때는 어느새 10시가 훨씬 넘어 있었다. 막 애를 재우고 나오던 엄마는 문주를 보자 낮게 한숨부터 내쉬었다.

"아무래도 조만간 하늘이 데리고 병원에 좀 다녀와봐야겠다. 아무래도 하는 짓이 수상해. 통 말을 하려 하지 않고 점점 애기 짓만 하니. 오늘은 바지에 두 번이나 멀쩡하게 똥을 쌌다. 안 그 래도 수상해서 화장실에 데려가 아무리 사정을 해도 말을 안 듣 더니 화장실에서 나오기가 무섭게 힘을 주며 생똥을 옷에다 싸 버리드라. 어리광이라고 하기에는 어째 겁난다."

문주는 순간 목욕탕에서 낯선 여자의 머리를 끌며 소리를 지 르던 하늘의 눈빛을 기억해 냈다. 아이의 표정이라고 하기에는 섬뜩하도록 광포했던 그것. 문주는 머리를 흔들었다. 그 정도의 나이라면 어쩌면 다른 아이들도 충분히 부릴 수 있는 어리광일 것이었다.

끈덕지게 달라붙는 엄마의 말을 떼어내듯 세게 방문을 닫아 걸었다.

"참, 진형이한테 전화 왔었다. 오는 대로 전화해 달라더라."

닫힌 방문 틈으로 엄마의 목소리가 들려왔다.

스타킹을 벗으며 문주는 혹, 일거리가 생겼을지도 모르겠다 고 짐작했다. 진형이 문주에게 전화를 하는 경우는 거의 한정되 어 있었다. 자서전을 출간하겠다는 사람이 나타났거나, 아니면 원고료 따위를 통장에 입금시킬 경우였다. 문주는 시계를 바라 보았다. 누군가에게 전화를 하기에는 너무 늦은 시간이었다.

일거리가 생겼으면 좋겠다, 고 문주는 생각했다. 무슨 일엔가

라도 절실하게 매달린다면 조금은 자신도 건강하게 살 수 있을
것 같았다. 그렇다면 혼자 사는 것을 못내 아쉬워하는 엄마에게
조금은 떳떳할 수도 있을 것 같았다. 늦은 시간이었지만 문주는
책상에 앉았다. 혼자 사는 진형으로서는 이런 시간에 전화를 받
는 것이 별로 힘들지는 않을 것이라는 생각이 들었던 것이다.
문주는 수화기를 들고 천천히 버튼을 눌러나갔다.

3

　알 수 없는 소리를 되풀이하며 하늘이 한사코 매달렸다. 한껏
무서운 표정을 지어 보이지만 소용이 없었다. 하늘은 애처로운
표정을 지어 보이다가 급기야 제 머리를 쥐어뜯기까지 했다. 손
이 어깨 아래로 내려올 때마다 아이의 손바닥에는 올이 가느다
란 머리카락이 한 움큼씩 뜯겨져 있었다. 문주는 하늘의 손목을
움켜잡았다. 떼를 써서 통할 일이 아니라는 것을 알려주고 싶었
다. 하지만 문주를 쳐다보지도 않은 채 하늘은 악을 쓰며 울기
만 했다.
　저녁 시간에 약속을 정하는 것이 아니었다고 문주는 잠깐 생
각했다. 그러나 어쩔 수 없는 일이었다. 시간을 정한 것은 진형
이었다. 전화를 걸어 묻고 싶은 말을 선뜻 묻지 못하는 문주에게

진형은 일거리가 생겼노라고 흔쾌히 말을 시작했고 퇴근 후에 만나자고 일방적으로 시간을 정했다. 마땅히 거절할 만한 구실도 없었거니와 또 진형의 태도가 너무 쾌활했기 때문에 문주는 선뜻 그러마고 대답했다. 일거리가 생겼다는 사실이 반가울 따름이었던 것이다.

문주는 하늘의 어깨를 감싸안았다. 포근하게 안아줄 심산이었다. 두 발을 뻗대고 울던 하늘도 볼 가까이 다가오는 문주의 숨결을 느끼고 잠시 주춤한 채 몸을 맡겼다.

"하늘아, 착하지. 엄마 금방 들어올 거야. 얌전히 있으면 엄마가 들어와서 동화책 읽어줄게."

그때였다. 숨을 죽이고 있던 하늘이 문주의 볼을 사정없이 할퀸 것은. 볼을 관통하는 뜨거운 움직임을 느끼고 문주는 그 자리에 주저앉고 말았다.

"아이고, 이놈의 기집애가 이젠 제 어미도 막 할퀴네. 이걸 어째."

지켜보고 있던 엄마가 하늘의 등을 사정없이 내리쳤다. 순간적인 행동에 놀라 자신의 손을 내려다보던 하늘은 등을 맞기가 무섭게 더 이상 어찌해볼 수도 없을 정도로 단호하게 뒤로 넘어갔다. 현관에 주저앉은 채로 문주는 시계를 내려다보았다. 진형이 퇴근을 하고 나올 시간이었다. 거리상으로 보아 진형보다 최소한 30분은 일찍 출발해야 한다는 것을 생각하자 자신도 모르게 깊은 한숨이 뿜어져나왔다.

"한숨만 그렇게 쉬지 말고 어서 나가. 달래기는 글렀으니까. 이 놈의 기집애 버릇을 고쳐놔야지. 오냐오냐하니까 점점 더 애기가 돼. 아, 뭐 하냐. 빨리 나가라니까."

급기야 목 틈새로 갈라지는 소리를 내는 하늘을 뒤로 하고 문주는 대문을 빠져나왔다.

골목을 돌아나올 때까지도 하늘의 울음 소리는 그치지 않았다. 간혹 무어라 소리를 질러대는 엄마의 소리가 이명처럼 따라붙을 뿐이었다.

도로는 예상 외로 비어 있었다. 병목 현상이 생기는 몇몇 도로에서만 정체가 되었을 뿐으로 걱정했던 것만큼은 늦을 것 같지 않았다. 문주는 그제야 좌석에 등을 갖다댔다. 긴장했던 탓인지 어깨의 힘이 조금 빠지는 것 같았다. 좌석에 등을 대자 그제야 볼 한쪽이 화끈 달아오르는 게 느껴졌다. 문주는 운전사 머리 위에 매달려 있는 실내등을 바라보았다. 직각으로 가로놓인 사각의 거울 안에 문주의 피곤해 보이는 두 눈이 드러났다. 손톱 자국은 오른쪽 눈 바로 아래에서부터 광대뼈로 드러난 볼까지 직선으로 그어져 있었다. 다행히 큰 상처는 아니지만 군데군데 빨간 점처럼 핏방울이 맺혔다. 단단하게 부어오른 것으로 보아 쉽게 가라앉을 것 같지 않았다. 볼을 쓰다듬으며 문주는 문득 배에서부터 휩쓸리기 시작하는 어떤 불길한 징조를 감지하고 어깨를 으쓱해 보았다.

한적한 곳이기는 해도 막상 택시에서 내렸을 때 문주는 잠시 주춤할 수밖에 없었다. 서울에도 이런 곳이 있었나 믿어지지 않을 만큼 진형과 만나기로 한 카페는 고풍스러운 멋으로 가득했다. 오래된 나무들이 담 대신 건물을 둘러싼 카페 주위에는 그만그만한 돌멩이들로 만든 화단이 앙증맞을 만큼 작게 만들어져 있었다. 시골집의 작은 꽃밭을 연상하게 하는 그 화단에는 차를 타고 오가며 언뜻언뜻 보아서 너무나 친숙하게 느껴지는, 그러나 막상 어느 하나 이름을 떠올릴 수 없는 들꽃들이 가득차 있었다. 어떤 것은 새끼손톱만한 작은 꽃잎을 피워올린 채로, 또 어느 것은 이제 막 솜털 가득한 잎을 내밀거나 또 막 떨구고 있는 채였다.

들꽃을 심어놓은 것과 어울리게 카페의 내부도 매우 단아하고 온화했다. 카운터 옆으로는 가마에서 구운 생활도자기들이 자연스럽게 전시되어 있었고, 창호지를 바른 창 옆에는 황톳빛이 그대로 드러나는 작은 화분들이 가지런히 놓여 있었다. 잘 그려진 수채화 속에 들어온 느낌이었다.

진형은 보이지 않았다. 카페 안에는 아무도 앉아 있지 않았다. 곰살곰살 꾸며놓은 여러 장식들이 수채화를 연상시킨 것은 바로 그런 이유 때문인지도 몰랐다.

"어머, 손님이 오셨네. 자리에 앉으세요."

그때 내부 안쪽에서 주인으로 보이는 여자가 나오다 문주를 보고 말했다.

짧은 커트 머리에 몸에 꼭 맞는 진을 입은 여자는 수채화 속에서 불쑥 튀어나온 것처럼 발랄했다.

"이곳 말고도 다른 곳에 테이블이 있나요?"

문주는 자리에 앉은 뒤에 생수를 가지고 오는 그녀에게 물어보았다. 눈을 동그랗게 모으며 여자가 문주를 바라보았다.

"사람을 만나기로 했는데 아직 오지 않아서요. 저쪽에서 말소리가 들리기에 혹 테이블이 또 있는 것은 아닌가 하고."

붉은 입술을 환하게 벌리며 여자가 말했다.

"아, 서진형 씨 만나러 온 분이시군요. 그렇지 않아도 다들 기다리고 있어요. 마음껏 술이 마시고 싶다면서 저쪽으로 들어갔어요. 진형 씨는 넓은 테이블을 좋아하거든요."

다들 기다리고 있다는 건 무슨 소리인가, 더군다나 술이라니. 앞서 걸어가는 여자의 뒤를 따라가며 문주는 시계를 보았다. 서둘렀음에도 약속 시간에서 거의 한 시간이 초과되고 있었다.

조금 전에 여자가 나왔던 문을 열자 또 하나의 내부가 드러났다. 적당한 크기의 공간에 타원형으로 된 테이블이 길게 가로놓여 있었다. 벽에 걸린 그림이며 원목 책꽂이 안에 비스듬히 꽂혀 있는 책 따위가 영락없이 아담한 거실에 온 느낌이었다.

진형은 그곳에 앉아 있었다. 문주를 기다리는 동안 맥주를 마셨는지 육포와 밀러 여러 병이 테이블 위에 놓여 있었다. 진형은 조금 취한 것처럼 보였다. 들어서는 문주를 보며 부드럽게 웃는 얼굴에 홍조를 띠고 있었다. 문주는 잠시 머뭇거렸다. 왠지 와서는 안 될 자리에 온 것 같은 어색함이 느껴졌던 것이다. 무언가에 대한 이야기를 나누던 사람들은 문주의 출현과 함께 입을 다물었다. 그랬다. 방 안에는 진형 이외에 다른 두 사람이 앉아 있었다.

어색하게 서 있는 문주를 보고 진형의 옆에 앉았던 남자가 일어나며 쾌활하게 말했다.

"이쪽으로 앉으세요. 저희가 먼저 술을 시작했어요."

문주는 머뭇거리며 문 쪽에 있는 바로크 풍의 소파에 앉았다.

"놀라게 해서 죄송합니다. 원래 계획했던 일은 아니었는데 이렇게 됐습니다. 결례라는 걸 알면서도 이렇게 억지로 진형 씨를 따라왔어요."

무테 안경을 쓴 탓에 다소 이지적인 느낌을 주는 남자는 자신 때문에 분위기가 서먹하다고 느꼈는지 계속해서 무어라고 말을 해댔다. 남자의 말을 듣고 문주는 그의 이름이 윤재라는 것과 진형과는 출판 아카데미 동기이고 이번에 그녀의 출판사로 스카우트되었다는 것을 알았다. 그리고 출판사에서 간행되는 자서전은 이제 그가 담당하게 될지도 모른다는 것을 알았다. 그는 또한 말없이 앉아 맥주 잔을 만지작거리고 있는 남자의 어깨를 툭, 치며 자기의 친구라고 말하기도 했다. 오늘 만나기로 약속했다가 진형의 약속을 듣고 엉겁결에 합석하게 되었다는 것이었다. 활달한 윤재에 비해 그는 별로 말이 없는 사람 같았다. 자기에 대한 소개가 끝난 다음에도 그는 여전히 고개를 들지 않고 맥주 잔만 만지작거리고 있었다. 그에게 인사를 해야 할지 말아야 할지, 판단이 서지 않아 문주는 다소 어색하게 웃는 수밖에 없었다.

뜻밖의 인사를 나눈 뒤에 문주는 조금 피곤하다는 생각이 들었다. 이렇게 모호한 자리가 어색하기만 해 어서 빨리 일감을 건네받아 돌아가고 싶기만 했다. 더군다나 문주의 외출에 대해 유별나게 힘들어하던 하늘을 생각하면 더욱 그랬다.

"자, 한잔 받아. 오랜만이야."

그때까지 아무 말 없이 앉아 빙긋이 웃고만 있던 진형이 문주에게 크리스털 잔을 내밀었다.

몇 순배의 잔이 돌자 진형은 완전히 취해 버렸다. 중심을 잡지 못한 채 소파에 머리를 대고 잠시 눈을 감는가 싶더니 금세 새근새근 콧소리까지 내는 것이 아닌가. 나무로 된 테두리에 걸쳐진 진형의 목이 매우 위태로워 보인다고 느낄 즈음 윤재가 몸을 돌려 자신의 다리에 올려놓았다. 비로소 편안하게 되자 진형은 윤재의 가슴 쪽으로 고개를 돌리고 아예 코까지 골기 시작했다. 윤재가 겸연쩍은 듯 문주를 보고 웃었다. 윤재의 친구라는 남자는 자신의 잔에 수시로 맥주를 채우고 있었다. 그는 문주에게는 물론이고, 윤재가 간간이 거는 말에 짧게 대답하는 것 외에는 거의 말을 하지 않았다. 그 두 남자가 왜 만났는지 의아스러울 지경이었다.

문주는 난감했다. 진형까지 잠들어버린 이상 자신이 이곳에 더 머물러 있다는 것이 어쩐지 어울리지 않는다는 생각이 든 탓이었다. 그러나 일에 관한 이야기는 전혀 하지 못한 상태에 있었다. 이미 전작이 있었던 진형은 문주가 들어온 후 너무 급격하게 취해 버렸고, 또 조만간 담당을 하게 될 것이라고는 하나 아직은 윤재에게 물어볼 수도 없는 일이었다.

"이 친구는 오디오 평론을 합니다."

진형을 들여다보던 윤재가 말했다. 문주는 예, 하는 시늉을 하며 자작을 하고 있는 남자를 바라보았다. 그러나 그는 전혀 무관심한 표정이었다. 입을 다물고 있어서 그런지 언뜻 화가 난 것처럼 보이기도 했다.

"일거리가 있다고 해서 만나기로 했는데……."

그만 일어서야겠다고 마음을 먹으며 문주는 윤재에게 오늘 만나기로 한 이유를 환기시켜주었다. 담당이 바뀐다면 어쩌면 그가 알지도 모른다는 생각이 들었기 때문이었다.

"아니, 오늘 일 얘기를 하기로 했습니까. 전혀 몰랐는데요.

이 친구가 그저 감 선생을 만나기로 했다고 하기에 그냥 보내기도 좀 걸리고 가벼운 약속인 줄 알고 부담 없이 따라나온 건데. 제가 실수를 했군요."

문주의 의도와는 상관없이 윤재는 오히려 실수를 했다는 것에만 신경을 쓴 채 미안해하는 시늉을 할 뿐 일에 대한 여타의 말이 없었다. 그냥 보내기가 걸렸다는 것은 무슨 뜻일까. 문주는 잠깐 그의 말이 걸렸지만 다시 묻지는 않았다. 눈에 선뜻 보이지는 않지만 진형에 대한 그의 애틋한 마음이 느껴지는 것 같기도 했기 때문이었다. 문주가 보기에도 진형은 여전히 예뻤고 무엇보다도 성공한 여자들에게서 느낄 수 있는 향으로 가득했다. 그가 진형에게 호의를 가지고 있다면 그것은 당연한 일인 것이다.

공연히 말을 꺼냈다고 문주는 후회했다. 답답한 일이기는 하지만 일이라면 내일 아침에 다시 전화를 걸어 할 수도 있을 것이었다. 벌써 많은 양의 맥주를 마셨지만 전혀 아무런 내색도 하지 않고 앉아 있던 그의 친구가 말을 듣고 언뜻 문주를 바라보는 게 느껴졌다. 감정이 전혀 드러나지 않는 무표정한 얼굴이었다. 그마저 자신을 바라보자 문주는 어서 빨리 이곳을 떠나고 싶은 마음만 간절하게 되었다. 문주는 곁에 놓여 있던 가방을 들고 자리에서 일어났다.

"너무 늦어서 가봐야 할 것 같아요."

"저희도 마침 일어서려던 참이었어요. 자 일어나시죠."

윤재가 같이 일어나며 말했다. 그는 자신의 다리를 베고 있는 진형을 다시 의자에 앉힌 뒤 등에 업었다. 그 바람에 남게 된 진형의 가방을 들어 문주는 어깨에 매야 했다. 보기보다 가방은 묵직했다. 꽤 무게가 나가는 것으로 보아 문주에게 줄 자료가 들어 있는 것 같았다. 잠시 윤재에게 말을 하고 꺼내갈까, 생각했지만 문주는 곧 고개를 흔들고 쓰게 웃었다. 어쩐지 청승스러운 기분이 든 탓이었다.

밖으로 나오자 전혀 낯선 광경이 눈에 들어왔다. 저녁때 도착했을 때는 모르겠더니 밤이 되자 도열해 있는 찻집들이 일제히 등을 밝힌 탓인지 마치 축제라도 벌어진 것 같았다.

"일부러 나오셨는데 헛걸음해서 어쩌죠. 이러는 친구가 아닌데 단단히 속이 상했나봐요. 오늘 편집장한테 된통 깨졌거든요. 이번에 출판된 책이 영 반응이 안 좋아서요. 이 친구가 신경 많이 썼거든요."

기껏 일 때문에 만나놓고도 그냥 헤어지게 되는 것이 윤재는 영 마음에 걸리는 모양이었다.

"내일 사무실로 전화해 주시면 아마 말할 겁니다. 자료는 벌써 가져갔거든요."

문주는 그저 네, 하는 시늉을 해 보였다. 그것이었나, 진형이 그토록 취한 이유가, 윤재가 굳이 개인적인 약속에까지 따라나온 이유가. 눅눅히 가라앉은 어둠의 두께를 깨트리지 않기 위하여 문주는 말없이 보도 위를 걸었다.

4

"문주니? 어제는 미안했어. 나 너무 취했었지. 일부러 나왔는데 어떡하니. 그래 집에는 잘 들어갔고?"

끈덕지게 울어대는 전화를 받고 보니 진형이었다. 간밤에 정신도 차리지 못하게 취했다는 것이 믿어지지 않을 만큼 상쾌한 목소리였다.

"목소리가 가벼운 것을 보니 괜찮은 모양이구나. 편집장하고 한바탕 했다면서."

"책 나와서 반응 안 좋으면 늘 있는 일이지 뭐. 그런 거 마음에 품고 살면 스트레스 받아서 이 생활 못 한다. 그런데 너 오늘 시간 낼 수 있니? 어제 자료를 못 줘서 말이야. 가방에 들어 있었는데 빼가지 그랬어."

"그럴까 생각도 해봤는데, 그냥 한 번 더 네 얼굴 보지 싶어서 관뒀다."

"아유 기집애, 농담도 다 할 줄 아네. 그래 그럼 점심 같이 할래? 스파게티 잘하는 집이 있는데."

"아니, 하늘이 볼 사람이 없어서 안 돼. 엄마 들어오시면 그
냥 내가 오후에 나갈게. 괜찮겠지?"

"그래라, 그럼. 기다릴게. 이따가 보자."

진형의 전화를 끊고 보니 이제 12시가 지나가고 있었다. 엄마
가 돌아오기에는 아직 이른 시간이었다. 엄마는 요즘 새로 나가
게 된 집이 부쩍 마음에 드는 모양이었다. 지난달까지 나갔던
집이 중풍으로 누워 있는 노인네와 개구쟁이 아이들까지 있어
일이 여간 많은 것이 아니라며 힘들어하더니 이번에 소개받은
집은 갓난아기가 하나 있는 젊은 부부만 사는 집인데 젊은 여자
가 보통 깔끔한 게 아니라서 별로 할 일도 없다고 꽤 만족하고
있었다. 그러면서 집으로 돌아와서는 늘 한숨을 쉬며 말하곤 했
다. 나이가 거진 너랑 비슷할 것 같던데 그 새댁은 무슨 복으로
그렇게 호강을 하고 사는지 모르겠다, 라고.

할 일이 없다고는 하지만 남의 살림을 한다는 것이 오십을 훨
씬 넘긴 엄마에게 결코 쉬운 일이 아니라는 것을 문주는 알고
있다. 더구나 노인네는 사람을 쓰는 집에서도 꺼려한다고 하면
서, 떼어지지 않는 눈을 비벼가며 화장을 하고 있는 것을 바라
볼 때는 공연히 가슴이 아리기도 했다.

그나마 일거리가 있을 때는 이제 그만 파출부 일을 그만두라
고 호기도 부려보았지만 요즘같이 불안정할 때는 그런 빈말조
차 할 수 없었다. 그것이 문주는 답답했다. 물론 어디 입시학원

이라도 나가볼까 생각하지 않은 것은 아니었다. 하지만 하늘이
문제였다. 가뜩이나 사람을 두려워하는 것도 문제였지만 무엇
보다도 턱없이 괴팍한 아이의 성정을 아무도 곱게 봐줄 리가 없
는 것은 뻔한 일이었다. 가끔 엄마가 애지중지하는 행운목 잎이
나 알로에 따위를 모조리 뽑아버리거나 발로 밟으며 마루를 오
갈 때는 어미인 자신조차 미워지지 않았던가. 더군다나 며칠 전
자고 있는 엄마의 머리카락을 가위로 자르며 끽끽대던 것을 생
각하면 아직도 소름이 끼쳤다. 완구용 가위였기에 망정이지 하
마터면 머리카락이 몽땅 잘려져나갈 뻔했던 것이다.

그런 하늘을 바라볼 때마다 문주는 혹, 아이의 가슴 속에
어떤 불안한 의식이 내재되어 있는 것은 아닐까, 그것이 세훈
의 죽음으로 연유된 것은 아닐까 생각해 보기도 했다. 그러나
알 수 없는 일이었다. 오히려 성장이 보통의 아이들보다도 현
저하게 느린 하늘은 어쩌면 아빠의 존재를 모르는지도 몰랐
다. 문주는 엄마의 말대로 좀더 큰 병원에 가서 정밀 검사를
받아보아야겠다고 생각했다.

"어어므, 어므."

어느새 왔는지 하늘이 문주의 어깨를 타고 웃었다. 문주와 둘
이 있는 것이 아이의 마음을 편하게 한 모양이었다.

내 딸, 하늘이.

문주는 하늘을 껴안으며 눈과 이마에 입을 맞추었다. 간지러

운지 하늘이 꺄악꺄악 소리를 내며 웃었다.

5시가 넘도록 엄마는 돌아오지 않았다. 차가 막히는지 모르겠다고 생각하면서도 문주는 공연히 조바심이 났다. 이처럼 아무 소식 없이 엄마가 늦은 적이 한 번도 없었기 때문이었다. 게다가 오후에 들면서 갑자기 소낙비까지 몰려와 점점 더 위협적으로 쏟아지고 있었다. 점점 더 기승을 부리는 것으로 보아 쉬 그칠 것 같지가 않았다.

낮잠에 빠져든 하늘은 벌써 한 시간째 깨어날 기미를 보이지 않고 있었다. 눅눅한 날씨 탓인지 꺼끌거리는 인조 이불을 배에 감고 바닥에 엎어져 있는 하늘은 두려울 정도로 움직임이 없었다. 문득 섬뜩한 생각에 문주는 바닥에 얼굴을 대고 하늘의 숨결을 느껴보곤 했다. 미미한 울림이 하늘의 코에서 새어나오는 것을 느끼고 가볍게 숨을 내쉬었다.

아무래도 진형의 사무실에 들르기는 그른 일 같았다. 엄마가 들어오신다고 해도 이제는 해가 질 무렵이었다. 이 시간에 외출 준비를 하면 하늘은 또다시 목이 쉬도록 크게 울어댈 것이었다. 일이 자꾸 늦어지는 것이 마음에 걸리기는 했지만 문주는 아무래도 사무실에는 내일 나가는 것이 좋겠다고 생각하고 수화기를 들었다.

"서진형 씨, 출장 나가셨는데요."

　문주와도 안면이 있는 여직원은 진형이 출장 후 사무실에 들르지 않고 곧바로 퇴근할 것이라고 친절하게 말해 주었다. 전화한 사람이 문주라는 것을 안 후에는 자서전에 관한 자료를 자기가 보관하고 있으니 언제든지 시간이 날 때 와서 가져가라는 말까지 잊지 않았다. 차라리 잘 된 일이었다.

　엄마가 돌아온 것은 불안해진 문주가 엄마가 나가고 있는 집으로 전화를 걸고도 1시간이 지난 뒤였다. 문주와도 나이가 비슷하다는 주인집 여자는 교양 있는 목소리로 엄마가 오전 일만 마친 채 정확하게 1시에 나갔다고 말하였다. 혹, 앙콤이 아줌마에게 갔을지도 모르겠다고 생각해 보았지만 그것도 아니었다. 음울한 날씨 탓인지 앙콤이 아줌마는 짜증이 역력한 말투로 전화를 받았다. 자다 일어난 듯 잔뜩 목이 잠긴 목소리로 요 며칠간 엄마의 코끝도 보지 못했으니 오히려 엄마가 돌아오거든 연락 좀 해달라고 하며 전화를 끊는 것이었다.

　"하이고, 하루 웬종일 웬 비가 이렇게 쏟아진다냐."

　그러나 엄마는 문주가 연락할 만한 전화번호를 뒤지며 안달하고 있을 때 오전 일을 마치고 제시간에 귀가한 사람처럼 천연덕스러운 얼굴로 대문을 들어섰다.

　"엄마."

　깜짝 놀란 문주가 전화번호부를 내려놓고 달려가보았지만 엄마는 아무 일도 없는 것처럼 태연하기만 했다.

"문주야, 부엌에 가서 시원한 냉수 좀 가져와라. 얼음도 좀 넣고. 하이고, 왜 이리 속이 탄다냐."

내색하지 않으려 애쓰고 있었지만 잔 가득 채워진 물을 얼음까지 오도독 씹어가며 마시는 엄마의 얼굴이 붉게 상기되어 있었다. 그런 다음 엄마는 목젖을 가라앉히고 큼큼, 소리를 내며 호흡을 조절했다. 무언가 하고 싶은 말이 있다는 증거였다. 그러고 보니 오후 내내 쏟아지던 사나운 소낙비에도 엄마는 머리 끝 하나 젖지 않은 채 수상쩍은 술 냄새까지 풍기고 있었다.

"엄마, 어떻게 된 거예요. 전화 한 통도 없이."

기다렸다는 듯이 엄마는 마루 끝에 잔을 내려놓고 문주를 향해 환하게 웃었다.

"그렇게 됐다."

"도대체 무슨 일이에요. 술까지 마시고."

갑자기 엄마는 소녀처럼 입을 가리고 킥킥대며 웃었다. 발그레 홍조를 띤 얼굴에 장난기마저 엿보였다. 그러나 입을 가린 손 위로 돌출된 시퍼런 정맥 선이 눈에 들어오자 문주는 문득 기분이 언짢아졌다.

"일 끝나고 집에 오다가 우연히, 정말 우연히 아는 사람을 만났어야."

"누구, 옛날 친구라도 만났어요."

"그래. 친구."

“엄마가 앙콤이 아줌마 말고 친구가 또 있었어.”

“애가 날 무시하네. 이래 봬도 옛날엔 나 잘 나갔다.”

“잘 나가다니, 그럼 남자 친구라도 만났단 말이에요.”

“그래, 남자 친구 만났다.”

더 이상 못 참겠다는 듯이 엄마가 문주를 향해 돌아앉았다.

“엄마 고향 사람인데, 젊었을 때 엄마한테 마음이 있었거든. 근데 오는 길에 돼지고기라도 사려고 정육점에 들어갔다가 거기서 우연히 만난 거야.”

“그럼 정육점을 하고 있었던 거예요?”

“그게 아니고 속이 헛헛해서 우족이나 하나 끓여 먹을까 하던 중이었대.”

“부인은 어디 가고 남자 혼자 고기를 사러 가요.”

“그게 문제가 아니고 그 사람이 신기하게 나를 금방 알아보고 부르지 않겠냐. 저 복자 씨 아닙니까, 하고 말야. 그래서 돌아다보니까 모르는 사람이라서 다시 고개를 돌리려는데 저, 황골 살던 명숩니다, 하는 거야. 그 사람 이름이 명수거든, 김명수. 그제야 깜짝 놀라 보니까 아닌게 아니라 어릴 때 테가 조금 남아 있더라구. 세상에 나도 주책이지. 어찌나 반가웠든지 정육점 안에서 손을 잡고 둘이 펄펄 뛰었다니까. 고향 사람 만나니까 참말로 반갑드라.”

“그래서 그 사람이랑 데이트하느라고 늦은 거예요?”

"애는 남사스럽게 데이트는. 그냥 오랜만에 만났는데 그냥 헤어질 수 없다고 밥 한끼 산다고 하기에 얻어먹었지."

"술도 먹고."

"술은 딱 한 잔 마셨는데 오랜만이라서 그런지 이렇게 독하다, 글쎄. 근데 문주야 그 사람도 부인이 교통사고로 죽고 딱하게 지금 혼자 산다더라. 어째 얼굴이며 입성이 추레하다 했더니만…… ."

엄마는 첫 미팅을 나갔다 온 소녀처럼 들떠 있었다. 전철역 부근에 있는 기와집이 갈비를 그렇게 잘 하니까, 우리도 언제 가서 돼지갈비 좀 뜯어보자는 말을 끝으로 엄마는 방으로 들어갔다. 홍에 겨워 발걸음조차 가벼운 엄마의 뒷모습을 보며 문주는 조금 씁쓸하게 웃었다. 어느새 아버지가 돌아가신 지도 벌써 20년이 다 되어가는 것이다. 세훈과 결혼할 무렵엔 혼자 있는 엄마가 안쓰러워 좋은 분 있으시면 말씀하시라고 넌지시 떠본 적도 있었지만 그럴 때마다 엄마는 두 손을 내저으며 정색을 했었다. 망측스럽다, 이 나이에 무슨. 우세스러우니까 다시는 그런 이야기 꺼내지도 말아라, 라고.

엄마의 방에서 콧노래가 들렸다. 싸구려 크림으로 화장을 지우며 엄마는 실로 오랜만에 노래를 부르고 있었다. 엄마의 딱딱하고 마른 손가락이 연신 볼 위에서 움직이는 것을 문주는 마루에서 오래오래 지켜보았다.

5

　개구리가 대기선에서 좌우를 살피고 있다. 오른쪽으로 제법 큰 버스가 지나가자마자 잽싸게 도로를 향해 뛴다. 다시 위로 올라가려 시도해 보지만 할 수가 없다. 어느 틈에 오토바이가 풀풀거리며 나타난다. 개구리는 숨을 죽이고 기다린다. 그러나 오토바이는 연기만 내뿜을 뿐 좀처럼 사라지지 않는다. 개구리가 서 있는 도로의 왼쪽에서 다시 승용차 한 대가 나타난다. 오토바이의 움직임에 비해 승용차의 속도는 제법 빠르다. 아무래도 그대로 기다리다가는 달려오는 승용차에 치이기 십상이다. 개구리는 폴짝폴짝 오른쪽으로 이동한다. 그러다 적당한 간격을 발견하고 다시 위로 올라간다. 세 개의 2차선 도로를 넘고 나니 강이 흐른다. 몇 개의 뗏목이 양쪽 방향으로 교차하고 있다. 시간을 계산하지 않고 무작정 뛰었다가는 그대로 강물 속에 빠져버릴 지경이다. 무료히 적당한 뗏목이 흘러오기를 기다리는 동안 개구리는 고개를 움직이며 울어댄다. 시간은 일정한 간격으로 흘러 이제 별로 여유가 남지 않았다. 급한 마음에 개구리는 때마침 흘러오는 긴 뗏목으로 폴짝 뛰어오른다. 하나, 둘 리듬을 타며 다시 반대편으로 흐르는 뗏목으로 건너뛴다. 이제 마지막 관문만 남았다. 마지막으로 투명 개구리만 나타나 신호를 보내주는 쪽으로 뛰기만 하는 것이다. 하지만 투명 개구리는 좀처럼 나타나지 않는다. 조급한 마음에 남은 시간을 본다. 일자로 촘촘히 그어 있는 시간은 하나둘씩 꺼져버리고 이제 몇 칸 남지 않았다. 아뿔싸, 시간을 보다가 하마터면 그대로 화면 속으로 사라질 뻔했다. 재빨리 아래 칸으로 뛰어내려 죽음을 모면한다. 다시 위로 뛰어오른다. 그때 마침 투명 개구리가 나타난다. 그러나 안타깝게도 개구리와 정반대의 방향에 서서 손짓을 한다. 개구리는 투명 개구리를 향해 달린다. 앞다리와 뒷다리를 있는 힘껏 펼치고 최대한으로 공간을 활용하며 부지런히 뛴다. 투명 개구리는 어서 오라고 손을 흔들고 있다. 개구리는 생각한다. 두 번만 더 사지를 펼치면 투명 개구리 속으로 들어가 편안하게 누워 노래할 수 있어. 개구리는 마지막 비상을 시도한다. 자판을 두드리는 문주의 손에 땀이 배어난다. 이 개구리만 성공한다면…… 그러나 결국 개구리는 투명 개구리에게 가지 못한다. 오른쪽 앞다리가 투명 개구리의 몸에 닿는 순간 주어진 시간은 바닥나고 만다. 개구리는 균형을 잃고 강물 속으로 빠져버린다. 왼쪽부터 빠져들어간 개구리는 오른쪽 앞다리와 오른쪽 뒷다리와 그리고 하늘로 치솟은 꼬리를 부르르 떨며 강물 속으로 침잠한다. Game Over.

화면이 바뀐다. 컴퓨터는 이제 문주에게 선택을 요구한다. 다시 게임을 할 것인가. 이제 그만 일을 시작할 것인가.

문주는 손가락으로 이마를 꾹꾹 눌러보았다. 벌써 한 시간 이상을 게임에 매달린 탓인지 머리가 지끈거렸다. 세 개의 도로와 세 군데의 강을 넘어 안식처를 찾는 개구리 게임은 문주가 컴퓨터 앞에 앉으면 으레 시작하는 게임이다. 전원 스위치를 누를 때는 직접 일을 시작해야겠다고 다짐하지만 그것은 늘 다짐으로 끝난다. 개구리는 늘 마지막 순간에 죽는다. 투명 개구리는 언제나 야속할 만큼 늦게 나타나고 또 너무 멀리서 손짓한다. 문주는 한 번도 개구리를 편안하게 해준 적이 없다. 시간은 늘 마지막 순간에 모자랐다. 개구리는 마지막 관문을 뛰어넘는다고 느끼는 순간 의례히 강물 속으로 빠져들어갔던 것이다.

자료를 가져온 지도 벌써 일주일이 지났건만 아직 일은 시작도 하지 못한 상태였다. 너무 오랜만에 일을 시작한 때문인지 선뜻 일이 손에 잡히지 않았던 것이다.

엄마는 또 앙콤이 아줌마와 통화를 하고 있었다. 깔깔대며 웃는 소리가 문주의 방까지 선명하게 들려왔다. 엄마는 요즘 행복한 것 같았다. 그다지 웃을 만한 일이 아닌데도 깔깔대는가 하면 전에 없이 흥얼흥얼 노래를 부르고 다녔다. 며칠 전 문주가 가져다준 제법 액수가 큰 계약금 때문만은 아니었다. 그 이전부터 이미 엄마는 무언가로 인해 행복해 있었다. 기억을 더듬어보면 그날, 비 오는 날, 연락도 없이 늦었을 때부터였다. 시도 때도 없이 웃음을 품고 다니는 엄마의 모습이 문주는 가끔씩 사랑스럽게 느껴졌다. 엄마의 몸 어느 곳에 그런 소녀스러움이 잠재되어 있었던 것일까, 생각해 보면 새삼 안타깝기도 했다.

갑자기 엄마의 목소리가 나직해졌다. 방에 있는 문주를 의식한 듯했다. 호들갑스럽게 웃어대던 웃음을 뚝 그친 채 엄마는 무언가 은밀한 말을 하고 있었다. 분명치 않은 소리 사이로 간혹 풋, 웃음을 참는 엄마의 목소리가 들려왔다.

머리를 흔들며 문주는 다시 컴퓨터의 화면을 바라보았다. 노인이 제시한 날짜까지 책이 나오게 하려면 어떤 식으로든지 일단 밑그림부터 그려놓아야겠다는 생각이 들었던 것이다. 글을 쓰는 데 참고하라고 노인이 가져다준 자료를 보면 그의 일생 중에서 중요했던 부분은 대충 윤곽이 잡혀질 것이었다. 그것을 사건별로 하느냐, 아니면 연대기별로 할 것인가를 일단 정해야 할 것 같았다. 그나마 하늘이 들어와 칭얼대지 않는 것이 다행이라고 문주는 생각했다. 하늘은 문주가 컴퓨터 앞에 앉아 있는 것을 견딜 수 없어 하기 때문이었다. 하늘은 요즘 계약금을 받던 날 사다준 주주 인형과 그 살림살이들을 가지고 노는 재미에 폭 빠져 있었다. 난데없이 다가와 문주의 머리를 잡아당기지도 않았고 소리를 지르며 가슴을 치는 일도 줄어들었다. 대신 마루의 한쪽이나 마당에 조용히 앉아 인형놀이를 즐겼다. 말벗도 없이 혼자서 노는 것이 안쓰럽기는 했지만 놀이에 빠져 고개를 들지 않는 하늘을 보면 문주는 다소 안심이 되었다. 이런 상태라면 보름 후 받게 될 소아정신과 진찰에서도 별다른 이야기는 없을지 모른다는 생각이 들었다. 문득문득 나타나는 하늘의 가학적인 행동 따위는 어쩌면 무언가 결핍된 아이라면 간혹 나타날 수도 있는 현상이라고 무덤덤한 목소리로 의사가 말할지도 모르는 일인 것이다. 불현듯 마음이 가벼워진 문주는 마우스의 커서를 시작 프로그램에 올려놓았다.

과일 접시를 든 엄마가 문주의 방에 들어온 것은 틀을 짜기 시작한 지 채 한 시간도 되지 않았을 때였다. 평소 꼭 필요한 것이 아니면 사지 않는 엄마로서는 꽤 신중히 골랐을 호사스러운 과일 접시를 들고 들어와 자료가 어지럽게 널려 있는 교자상 앞에 앉아 문주를 기다렸다.

"문주야 과일 좀 먹고 해라. 아이고 이것이 다 뭐냐. 그 글 써 달라는 노인네 거냐."

평소엔 아무런 관심도 갖지 않던 자료를 뒤적뒤적 보는 시늉을 하며 엄마는 연방 감탄을 내뱉었다.

"아이고, 어지러워. 나는 뭔 소린가 하나도 모르것다. 좌우지간 너 대단하기는 하다. 이런 걸 가지고 어떻게 그렇게 말끔하게 책을 만들어낸다냐."

엄마는 방에서 나갈 마음이 없는 것처럼 보였다. 교자상 앞에 앉아 물끄러미 문주를 바라보며 미적대는 것으로 보아 무언가 할 말이 있는 듯도 싶었다. 이제 막 틀을 짜기 시작한 터라 내키지 않았지만 문주는 교자상 앞으로 다가가 앉았다. 어느 틈에 엄마는 피부에 비해 너무 하얗다 싶은 파운데이션과 자주색 립스틱까지 바르고 있었다.

"어째, 일은 잘 돼 가는 거여."

"그렇죠. 뭐."

"좌우지간 그 노인네가 돈은 많은갑다. 지 이야기 좀 써준다고 그 많은 돈을 척 내놓는 것 보면 말여."

"……."

"너도 네 일도 아닌 걸 네 일처럼 쓰려면 머리깨나 아프겠다. 아 그러니까 다 때려치고 저번에 아줌마가 말했던 사람 있지, 그 사람 한 번만 만나봐라."

"엄마."

"얘가 왜 이렇게 정색을 하고 그래. 누가 당장 시집가래. 너도 외로우니까 그냥 만나만 보라는 얘기지. 나이가 너보다 다섯 살 많은데 사람이 그렇게 성실하단다. 부인은 자궁암인가 뭐에 걸려서 칠 년 전에 죽었는데 이때까지 혼자 살았다드라. 그만하면 경박한 사람도 아닌 것 같고. 더군다나 애도 없다잖니. 오 서방도 네 정성 이젠 알았을 게다. 혼자 간 사람이 무슨 탓을 하겠니."

"엄마, 난 혼자 사는 게 편해요. 하늘이랑."

"평생 남의 비위나 맞추는 글이나 쓰면서? 내가 너 이러고 있는 것 보면 속이 다 터진다."

말을 하는 엄마의 볼이 어느새 붉게 물들었다.

"우리 엄마 화났나봐. 화장은 예쁘게 하고, 어디 가려고 그렇게 처녀같이 차렸어요. 그 고향 친구랑 데이트하려고?"

흥분으로 들뜬 엄마의 얼굴이 더욱 빨갛게 물들었다. 싫지 않은 듯 눈을 흘기며 엄마가 말했다.

"기집애, 할 말 없으니까 말꼬리 돌리고 있어. 데이트는 무슨 데이트야. 그야말로 타지에서 고향 사람 만나니까 반가워서 한두 번 만난 것 가지고."

전의를 상실한 엄마는 갑자기 딴청을 부리며 한 입에 넣기에는 조금 크다 싶은 과일을 불쑥 입에 집어넣었다. 그 바람에 갑자기 사래가 걸려 몇 번씩이나 기침을 해야 했다. 그토록 어린 애처럼 당황하는 엄마를 보자 문주는 풋, 웃음이 나왔다.

"아니, 얘가 왜 이렇게 빙긋빙긋 웃고 그래. 기분 나쁘게."

"아니에요, 엄마. 그런데 엄마 그 얘기하려고 들어왔어요. 나 빨리 시집가라구?"

엄마의 두 볼이 순간 홍조를 띠었다. 감추려고 애쓰고 있었지만 딸에 대한 민망함과 새로운 만남에 대한 설렘으로 엄마의 입술이 조급하게 흔들리는 것이 느껴졌다. 어느새 문주는 예상하지 못한 속도로 빨라지고 있는 엄마의 감정을 놀리고 싶은 마음이 되었다.

"엄마, 나 오늘부터 밤새야 할지도 모르니까 일 잡힐 때까지 하늘이랑 많이 좀 놀아줘요. 근데 얘가 왜 이렇게 안 보이지?"

"마루에서 네가 사준 인형 갖고 잘 논다."

"그래도 개 혼자 두면 안 되잖아요. 엄마 이제 할 얘기 없으면 나 일해도 되죠?"

지성 피부인 엄마의 코 위로 참깨알만한 땀방울이 어느새 슬몃 올라왔다. 목구멍에서 자꾸 웃음이 올라오는 것 같아 문주는 고개를 돌리고 슬쩍 웃었다. 금장으로 된 포크의 끝을 엄마는 하릴없이 이로 꼭꼭 깨물고 있었다.

"네 일 그거 급한 거냐. 그 노인네가 빨리 써달래?"

"그럼요, 저 자료 널린 거 안 보여요. 저거 다 읽고 시작하려면 잠잘 시간도 모자랄 것 같아. 근데 엄마 왜요, 뭐 할 일이라도 있어요?"

"할 일은 뭐, 이제 저녁 준비만 하면 되는데……."

"하면 되는데, 뭐. 혹시 그 고향 친구랑 데이트라도 하기로 한 거 아니에요?"

"얘는 남세스럽게 데이트가 뭐냐, 데이트가."

긍정도 부정도 하지 않은 채 펄쩍 뛰는 엄마의 얼굴은 차라리 시원하다는 표정이 역력했다. 문주를 바라보는 척하며 언뜻언뜻 벽에 걸려 있는 시계를 새삼 조급하게 바라보는 게 아닌가. 그러곤 별안간 불만이 많은 어린애 같은 표정을 지으며 말하기 시작했다.

"어휴, 그 사람이 주책이지. 나는 하늘이도 봐야 하고 또 동네 이목도 있어서 싫다고 그러는데도 타지에서 고향 사람 만난 게 어디냐면서 아 자꾸 저녁이나 같이 하자고 하는데 거절도 어디 한두 번이지. 자꾸 싫다고 하기도 어째 더 이상한 것 같고, 또 그 사람 말마따나 이런 서울 바닥에서 고향 사람 우연히 만나기가 좀 어렵냐?"

마지막 말끝을 올리며 엄마는 문주를 바라보았다. 자신의 곤란한 처지를 충분히 이해하길 바라는 안타까운 시선으로.

"네가 정 바쁘다면 안 나갈란다. 까짓것. 꼭 만나고 싶은 것도 아니고 차라리 네 핑계 대면 자기도 더 이상 안 조르겠지."

그러나 말과 달리 엄마는 조금만 더 놀리면 금방이라도 울음이 터져나올 것처럼 울상이 되어 있었다. 문주는 짐짓 너그러운 표정을 지으며 말했다.

"엄마는, 약속을 해놓고 어떻게 안 나가요. 그리고 그분 부인도 없다면서. 혼자 사시기 힘들었을 텐데 연락되는 김에 나가서 같이 저녁도 먹어주고 그래요. 나는 아직 며칠 여유가 있으니까."

엄마의 얼굴이 별안간 환하게 빛났다.

"그렇지, 네 생각도 그렇지. 과부 마음 홀아비가 알아준다고. 내가 그 사람 속 다 안다. 남자 혼자 사는 거, 그게 사는 게 아니지."

"몇 시에 약속했는지 빨리 나가봐요. 벌써 저녁땐데. 혹시 약
속 시간이 지난 거 아냐?"

"아니, 지금 나가면 딱 맞겠다. 나갔다가 빨리 들어오마."

"빨리 들어오려고 애쓰지 말고 나간 김에 엄마도 기분 좀 내
고 오세요. 영화도 같이 보구."

"영화는 무신, 내, 밥만 먹고 얼른 들어오마."

귀찮다는 말과 달리 엄마의 행동은 빠르기 그지없었다. 태
연스레 나간 것까지는 좋았는데 급하게 문을 닫는 바람에 상
위에 있던 자료 몇 장이 들썩거리기까지 하는 것이 아닌가. 겉
옷을 걸치고 쿵쿵 마루를 뛰어가는 엄마의 모습이 눈에 선해
문주는 웃음이 나왔다.

그러나 빨리 돌아온다던 엄마는 11시가 가깝도록 돌아오지
않았다. 조금이라도 일을 해놓아야겠다고 마음먹었던 것을 시
작도 하지 못한 채 문주는 컴퓨터를 꺼버릴 수밖에 없었다. 새
로 산 인형을 침대에 눕히기도 하고, 또 업어주기도 하며 잘 논
다 싶던 하늘이 엄마가 나가기 무섭게 문주의 방으로 뛰어들어
왔던 것이다. 할머니의 외출에 불안을 느낀 모양인지, 하늘은
문주의 시선을 자신에게 붙잡아두기 위한 것처럼 까탈을 부리
기 시작했다. 잘 가지고 놀던 인형을 신발장 속에다 집어넣기도
하고, 물을 달라고 한 뒤에는 공연히 쓰러뜨려 자료의 잉크가

번지게까지 하였다. 뿐만 아니라 노인의 음성이 담긴 테이프의 필름을 잡아빼 끊어놓는 바람에 문주는 그 필름을 투명 테이프로 이어 다시 집어넣은 다음 카세트에 넣고 녹음을 확인해 보아야 했다.

결국 문주는 하릴없이 마루에 나와 앉았다. 막상 아무 일도 할 수 없게 되자 하늘은 거짓말처럼 소란을 멈추고 다시 인형을 가지고 놀기 시작했다. 문주는 그냥 앉아 있는 것이 무료해 안방으로 들어가 텔레비전이라도 틀어볼까 생각하다가 그만두었다. 어쩐지 마음이 신산스러워졌던 탓이었다. 문주는 마루에서 내려와 공연히 마당을 서성거렸다. 혹 엄마가 걸어오는 소리가 들릴까 하여 귀를 기울여보았지만 대문 밖에서는 아무런 기척도 느껴지지 않았다. 골목 안쪽으로 들어온 집이라서 그런지 문주는 자신을 포함한 이 작은 공간이 어쩐지 낯선 분지에 외따로 있다는 착각을 느끼고 잠시 호흡을 멈추어보았다. 혹 새어나올지도 모르는 어떤 따뜻한 기운을 감지하고 싶었던 것이다. 그러나 괴이할 정도로 움직임은 감지되지 않았다. 인형을 업고 웅얼거리는 하늘의 어눌한 목소리만 마루를 떠돌 뿐이었다. 문득 미미한 가려움을 느끼고 문주는 손을 볼 위에 갖다 대보았다. 토돌한 감각질의 느낌이 일자로 느껴졌다. 언젠가 하늘이 할퀴었던 상처였다. 다른 부분은 어지간히 상처가 나았으나 살이 많이 패인 탓인지 쉽게 낫지 않고 계속 덧나고 있는 부분이었다. 사

실을 말하자면 컴퓨터 앞에 앉아 있을 때 의식하지 못하는 사이에 계속 상처를 건드렸기 때문에 자꾸 딱지가 앉기도 하는 부분이기도 했다. 어느새 또 상처를 더듬고 있는 자신을 느끼고 문주는 피식 웃어보았다. 사소한 가려움을 이기지 못하고 상처를 덧내는 자신이 넘어진 무릎을 자꾸 긁어대 기어이 피를 내고야 마는 하늘과 다를 바가 없다는 생각이 들었던 것이다.

"하이고, 이제껏 안 자고 뭐 하냐. 나 기다리고 있었다냐."

언제 문이 열렸는지도 모르는 사이에 엄마가 마당에 들어와 있었다. 얼굴이 붉은 것을 보니 맥주라도 한 모양이었다.

"엄마 술 마셨어요?"

반가운 마음임에도 공연히 볼멘 소리가 나왔다. 엄마가 유난히 가쁜 호흡을 몰아쉬고 있는 것은 골목 어귀에서부터 뛰어왔다는 것을 보여주기 위한 의도일 것이었다.

"술은 무슨, 급하게 걸어오느라고 숨이 차서 그렇지."

"냄새도 나는데."

"너 귀신 같다. 딱 한 잔 마셨는데 어떻게 그렇게 잘 집어내냐. 그 양반 술 귀신이라서 밥 먹을 때 자꾸 권하기에 딱 한 잔 했다. 하이고, 우리 하늘이도 이때까지 안 잤네. 하늘아 할머니가 과자 사 왔다."

손에 들고 있던 과자 봉지를 흔들며 엄마는 마루로 급히 올라갔다. 그러고는 인형을 재우느라 별 관심이 없는 하늘에게 골목

앞 슈퍼에서 샀을 비스킷이며 요구르트를 디밀며 늦은 귀가에
대한 질책을 피하려 하고 있었다. 무어라 말을 할까 하다가 문
주는 그만 두기로 했다. 문주와 시선을 마주치려 하지 않는 엄
마가 어쩐지 안쓰러운 생각이 들었던 것이다.

문주는 팔짱을 끼고 문득 하늘을 올려다보았다. 반원형의 상
현달 주위를 회색빛 달무리가 어지럽게 휘감고 있었다. 어디선
가 제법 서늘한 바람 한 줌이 불어와 어깨를 휘감고 지나갔다.
오소소 소름이 돋는 팔목을 쓰다듬으며 내일 비가 올지도 모르
겠다고, 문주는 생각했다.

6

"지금 작업하는 중이니?"

숨가쁘게 울리는 전화를 받자 진형이 다짜고짜 말했다. 주위
가 소란스러운 것으로 보아 시내에 나와 있는 모양이었다.

"아니, 급한 일은 대충 끝냈어. 더 써보려고 해도 어째 머리
만 아파서 쉬고 있던 중이야."

"내가 너 머리 싸매고 있을 것 같아서 전화했다. 지금 나오지
않을래?"

"웬일이야 이 시간에. 무슨·일이라도 있는 거야?"

“일은. 오랜만에 차나 한잔 하자고.”

그녀답지 않게 느긋한 말에 문주는 자신도 모르게 웃음이 나왔다.

“별일이다. 천하에 서진형이 그렇게 한가한 말을 다 하고.”

“나라고 매일 일만 하니. 나도 머리가 터질 것 같아서 나왔어. 여기 강남역에 있는 레코드 가게거든. 지금 나와.”

“글쎄……..”

기초 작업을 끝낸 뒤 잠시 쉬고 본격적으로 일을 시작하리라 마음먹었지만 문주는 결국 진형에게 갔다. 하늘이를 데리고 앙콤이 아줌마에게 간 엄마에게서 저녁까지 들고 오겠다고 전화까지 온 터이니 핑곗김에 나가서 사진틀이나 사가지고 와야겠다는 생각이 든 것이었다. 지난번 앙콤이 아줌마가 선을 보라며 온 날 세훈의 사진을 끼워둔 사진틀을 사야겠다고 마음먹어 놓고도 아직까지 바꾸지 못한 게 계속 마음에 걸렸는데 차라리 잘되었다는 생각까지 들었다.

진형은 레코드점의 중앙에서 그녀의 머리만큼이나 커다란 헤드폰을 귀에 댄 채 음악을 듣고 있었다. 듣고 있는 것이 댄스곡이라도 되는지 가끔씩 몸을 흔드는 그녀의 뒷모습을 보고 그녀의 발랄함에 문주는 풋, 웃고 말았다.

“어머, 문주 왔구나. 얘 이 음악 좀 들어봐. 요즘 유행하는 건데 어쩜 이렇게 신이 나니.”

그쪽으로 다가가 어깨를 치자 진형은 여전히 고개를 흔들며 활짝 웃었다.

"됐어. 오랜만에 나왔는데 나도 구경이나 할 테니까 듣던 거 다 끝나면 와."

"그럴래? 그래 그럼. 사실 이거 너무 신나거든."

그러더니 한쪽 눈을 찡긋한 후에 진형은 다시 몸을 흔들며 헤드폰을 끼는 것이었다.

음악을 고르기 위해 나온 것이 참으로 오랜만이라는 생각을 하며 문주는 진열대 위에 단정하게 올려진 시디들을 천천히 살펴나갔다. 라흐마니노프, 바흐의 음악들과 피아노 협주곡, 콘트라베이스 곡들이 단정하게 정리된 채 놓여 있었다. 그러다 문주는 낯익은 표지를 보고 문득 발을 멈추었다. 오래 전에 자주 듣던 음악이 시디로 포장되어 나와 있었다. 그것은 클래식에 별로 흥미를 보이지 않았던 세훈이 드물게 아끼던 음악이었다. 모차르트였다.

아마도 아마데우스라는 영화를 보고 나오던 날이었을 것이다. 장장 세 시간 동안 상영되었던 그 영화를 본 뒤에 세훈은 불현듯 모차르트의 추종자가 되어 있었다. 영화를 보러 가자고 조르던 문주에게 차라리 첩보 영화를 보는 게 어떻겠냐고 심드렁해하던 세훈이 말이다. 클래식의 맛을 알 수도 있을 것 같다며 그때 세훈은, 레코드점에 들러 모차르트를 세 장이나 산 뒤에 집으로 돌아와 새벽까지 음악을 들었다. 그것도 모자라 나중에는 테이프까지 산 뒤 차 안에서 듣기까지 했다. 그런 세훈에게 핀잔을 주기도 하던 일을 생각하고 문주는 빙그레 미소를 지었다.

오랜만에 다시 들어보는 것도 괜찮을 것 같아 문주는 시디 한 장을 고른 후 주위를 둘러보았다. 막 음악듣기를 끝낸 진형이 문주를 향해 오다가 눈이 마주치자 손을 흔들며 걸어왔다. 그때였다. 무심코 던진 시선 속에 그가 들어온 것은. 그 역시 음악을 고르다가 뜻 없이 시선을 돌리던 중 발견하게 된 문주를 보고 잠깐 멈칫하는 것 같았다. 짧은 순간 둘은 서로를 바라보았다.

순간적으로 문주는 망설였다. 그대로 모른 척하기에도, 또 그렇다고 웃으며 인사를 하기에도 어쩐지 둘 다 어색하다는 생각이 든 탓이었다.

그날, 취한 진형을 업은 윤재가, 마침 둘이 방향이 같으니 차라리 택시를 따로 타는 것이 좋겠다며 도망치듯 가버리자 그와 문주는 어색하게 도로에 남아 있었다. 그는 여전히 말이 없었고, 문주 또한 아무 말도 하지 않았다. 가끔씩 자동차들이 그와 문주의 앞을 지나쳐갔으나 택시는 좀처럼 오지 않았다. 먼 곳까지 택시가 들어오기에는 늦은 시간이었던 것이다. 그러자 어느 순간 그가 걷기 시작했다. 서서 하릴없이 기다리는 것보다는 조금이라도 걷는 것이 낫겠다는 판단이 든 것 같았다. 문주도 하는 수 없이 그를 따라 걸었다. 그러나 오랜만에 먹은 술기운이 가슴에서 치고 올라와 문주는 가끔씩 어지러움을 느끼고 발걸음을 천천히 옮겨야 했다. 앞서 가던 그도 어느 순간 문주가 너무 멀리 떨어져 있다 싶으면 잠시 기다렸다가 다시 걷는 것을 되풀이했다.

그날 그가 문주에게 건넨 말은 딱 한 마디였다. 한참을 그렇게 간격을 두고 걷다가 둘은 마침 근처까지 손님을 태우고 왔다가 그냥 돌아가기가 아쉬워 카페 쪽으로 오던 택시를 운 좋게 잡아타게 되었다. 문주가 내릴 성내동이 가까워오자 그제야 말문을 연 그는 댁이 어디신지 그곳까지 모셔다 드리겠습니다, 라고 말했다. 어찌나 조심스럽고 낮게 말하던지 꼭 화가 난 사람 같다는 느낌이 들 정도였다. 어색하게 내뱉은 그의 말에 문주는 풋, 웃고 말았고, 말씀만으로도 고맙다고 한 후에 성내역 근처에서 내렸던 것이다.

그때 일이 떠오르자 문주는 슬며시 웃음이 나왔다.

"저 사람 허규회 씨 아냐?"

어느새 다가온 진형이 그를 바라보며 말했다. 그러나 아무런 대답도 하지 않자 진형은 문주가 그를 기억하지 못하는 것으로 이해하고 그에 대해 설명을 하기 시작했다.

"왜 며칠 전에 너도 봤잖아. 윤재 씨하고 같이 만날 때 말야."

"아…… 그래. 기억나."

문주는 그제야 기억이 나는 것처럼 말을 얼버무렸다. 그녀 자신으로서도 이해할 수 없는 일이었다.

그는 천천히 이쪽으로 걸어오고 있었다. 그러나 진열대에 놓여 있는 음반을 하나하나 세심히 살피며 걷는 그의 보폭은 매우 느리고 좁은 것이어서 이쪽으로 오고는 있되, 문주를 향하고 있는 것 같지는 않았다. 그가 조금씩 가까워지자 문주는 까닭없이 마음이 불안해져옴을 느꼈다.

"이쪽으로 오는데, 가보자."

문주를 바라보며 진형이 말했다.

"우리 그냥 나가자."

"왜. 저 사람 분위기 괜찮던데 뭘. 혹시 아냐, 알아두면 나중에 너 소설 쓸 때 써먹게 될 일이 있을지. 너 언젠가는 꼭 소설을 쓰고 싶다고 했잖아."

그리고 더 이상 말릴 겨를도 없이 진형이 그에게로 가버렸기 때문에 문주는 어찌해야 할 바를 모른 채 그 자리에 서 있어야 했다.

그와 진형이 서로 웃으며 인사를 나누는 게 눈에 들어왔고 곧 진형이 손을 들어 문주를 불렀기 때문에 문주는 주춤주춤 그들 쪽으로 다가갔다.

"이쪽은 감문주. 아시죠? 저번에…… 그리고 이쪽은 오디오 평론하는 허규회 씨고."

"아, 예. 안녕하세요."

둘은 엉거주춤 인사를 나누었다. 그런 모습이 우스웠던지 진형이 문주를 향해 눈을 찡긋해 보였다. 장난기가 역력한 눈빛이었다.

"이렇게 만난 것도 인연인데 우리 어디 가서 차라도 한잔 해요. 괜찮죠. 규회 씨?"

진형의 말투는 거침이 없었다. 오히려 곁에 서 있는 문주가 공연히 당황하여 얼굴이 달아오를 지경이었다.

"아, 예."

당황스럽기는 그 역시 마찬가지인 모양이었다. 갑작스러운 제안을 받고 그는 체격에 어울리지 않게 조금 허둥대고 있었다. 언뜻 누군가와 친숙하게 지내는 일에 서툰 사람이라는 느낌이 든 것도 그 때문이었다.

결국 셋이 함께 레코드점을 나오기는 했지만 막상 들어갈 만한 곳은 쉽게 눈에 띄지 않았다. 그러다 여러 골목을 헤맨 끝에 겨우 들어간 곳이 목토방이라는 이름을 가진 전통차를 파는 곳이었다. 아직은 환한 대낮이었고, 또 워낙에 발랄한 거리이기 때문이기도 하겠지만 전통찻집은 을씨년스러울 정도로 한가했다. 통나무를 깎아 만든 의자에 앉아 각자 수정과와 쌍화탕과 국화차를 앞에 놓고 그와 문주와 진형은 웃음을 참느라 애쓰고 있었다. 소리내지 않게 서로의 눈을 맞추며 빙긋빙긋 웃는 동안 세 사람을 잇는 공유의 끈이 보이지 않게 둘레에 쳐지는 것 같았다. 찻집 안에는 딱히 무슨 향이라 할 수 없는 복합적인 기운이 느리게 떠다녔고 그 향 사이에서 딱할 정도로 개량 한복이 어울리지 않는 주인 여자가 여성 잡지를 부지런히 넘기고 있었다.

결국 누구라고 할 것 없이 세 사람 모두 참았던 웃음을 터뜨리게 되었고, 그것을 기화로 그와 문주와 진형은 턱없는 친밀감을 갖게 되었다. 그러나 문주는 그것이 어색함을 불식시키기 위해 의도된 것임을 마음 속에서부터 느끼고 있었고, 그것은 그도 마찬가지인 것 같았다.

주로 대화를 이끌어나간 것은 진형이었다. 그와 진형이 나누는 이야기를 듣고 문주는 그가 아직 결혼을 안 했다는 것과, 본가는 둔촌동이지만 대부분의 시간을 양수리에 있는 그의 작업실에서 혼자 보낸다는 것을 알았다. 그가 즐겨 먹는 음식은 수제비라는 것과, 또 본래 그는 음악을 전공하지 않았지만 오디오에 관심이 많았기 때문에 다니던 회사를 그만두고 몇 년 전부터 그가 지금 하고 있는 일을 시작했다는 것도 알았다. 그리고 끊임없는 물음에 대답을 하던 그가 문득 몇 가지의 사소한 이야기를 진형과 문주에게 물어보았고, 문주는 짧게 대답하며 국화차를 마셨다. 그는 문주가 바브라 스트라이샌드의 노래를 좋아한다는 것과 두 가지의 잡지를 정기 구독한다는 것을 알았을 것이었다.

차를 마시며 문주는 그가 어울리지 않게 말이 많다고 생각했다. 단 한 번 만났을 뿐이지만 문주는 그가 매우 과묵하다는 것을 눈치챌 수 있었다. 눈가가 다소 어둡고 입의 양쪽 끝이 약간 밑으로 내려간 것은 평소에 그가 많이 웃지 않는다는 뜻이었다. 그러나 오늘 그는 매우 유쾌하게 보였고, 바로 그런 점이 문주를 우울하게 만들었다.

찻잔을 다 비운 후에도 세 사람은 조금 더 자리에 앉아 이야기를 나누었다. 좀더 엄밀히 말한다면 그와 진형은 어쩐지 자리에서 일어나고 싶어하지 않는 것 같았다. 문주는 통나무 탁자 밑으로 슬며시 시계를 보았다. 오후 5시가 지나가고 있는 중이었다. 문주 일행이 앉아 있는 사이에도 전통찻집 목토방의 문을 열고 들어와 차를 마시는 사람은 없었다. 딱 한 번 사람을 찾는 듯한 중년 사내가 문을 열고 고개만 들이민 채 자리에 앉아 있는 문주 일행을 일별했을 뿐이다. 여성 잡지를 뒤적이던 주인 여자는 어느새 한창 유행하고 있는 대중 소설에 폭 빠져 있었다.

몰래 시계를 본 뒤로 꼭 30분이 더 지난 뒤에야 그와 진형이 가자는 뜻으로 문주를 바라보았다.

"문주 씨가 너무 말이 없었던 것 같아요."

미안한 표정을 지으며 그가 말했다. 많이 웃은 탓인지 그의

눈꼬리가 다소 올라가 있었다.

"아니에요, 저도 즐거웠어요."

자신의 마음을 들킨 것 같아 문주는 서둘러 말했다.

"우리 다음에 만나면 좀더 재미있는 얘기를 해요."

테이블에 남아 있는 보리차를 마저 마시며 진형이 말했다.

시내에 좀더 볼일이 있다고 말하며 레코드점이 있는 쪽으로 그가 다시 걸어간 뒤 문주와 진형은 갑자기 해야 할 일을 잊은 사람들처럼 거리에 서 있었다.

"그럭저럭 시간이 다 가버렸네. 어때, 넌 더 볼일 있니?"

지나가는 자동차를 멍하니 바라보고 있는 문주를 일깨우며 진형이 말했다. 순간 문주는 사진틀을 사려고 마음먹었던 일을 떠올렸지만 금세 그만두기로 마음먹었다. 어쩐지 팬시점에 가서 사진틀을 고르고 서 있어야 한다는 게 내키지 않았다.

"아니 없어. 너는?"

"어떡하지. 난 또 사무실에 들어가봐야 하거든."

"그래, 들어가."

"괜히 나오라고 시간만 뺏어서 어떡하지?"

"아냐, 나도 바람 좀 쐬고 싶었는걸 뭐."

"그래, 내가 다시 연락할게."

그런 뒤 진형은 마침 다가온 택시를 타고 서둘러 떠나버렸다. 진형이 간 뒤 문주는 하릴없이 걷기 시작했다. 어쩐지 마음이 우울해지는 것 같았다. 길을 걸으며 길가로 늘어선 편의점이나 카페 또는 제과점 따위에 무심히 눈길을 주고는 있었지만, 가슴 속에서는 복잡한 상념들이 서로 엉키고 있어서 한바탕 소리라도 지르고 싶은 심정이었다. 밑바닥에서부터 원인을 알 수 없는 어떤 노여움이 자꾸만 꿈틀거리는 것 같아 문주는 걸음을 멈추고 늦여름 저녁의 선선한 공기를 깊이 들이마셔보았다.

7

　살다 보면 전혀 예상하지 못한 일들이 일어나는 때가 종종 있다. 좋은 일일 수도 있고, 아니면 나쁜 일일 수도 있고, 딱히 어느 쪽이라고 집어낼 수 없도록 미묘한 감정의 파장을 일으키는 일일 수도 있다. 처음 그 일이 일어났을 때 문주가 최초로 느낀 감정은 어떤 두려움 같은 것이었다. 싫다고 말할 수는 없지만, 분명 좋기만 한 것도 아니었다. 아니 말을 정리해 보면 좋기만 한 것은 아니었다, 라는 말에는 이미 좋다는 감정이 내포되어 있는지도 모른다. 이미 좋다는 전제 아래 있되, 어떤 복잡한 요인 때문에 감정에 충실하지 못하고 그 감정을 두려워하다 보면 결국 좋은 감정에서 벗어나 급기야는 엷게 탄 물감처럼 어떤 먹먹함으로까지 비약하게 된다. 또한 감추어져 있는 좋은 감정은 한순간에 지나가버리고 그것에 대한 대가로 남아 있는 먹먹함이나 두려움 따위의 감정들은 깊이, 더 오래 파장이 남아 있는 것이다.

오늘 오후, 문주는 한 통의 전화와 초록빛 조끼를 입은 택배회사 직원의 방문을 받았다.

처음엔 진형에게서 걸려온 전화였다. 언젠가 그녀의 주선으로 엉겁결에 정동진에 다녀온 뒤로 처음 하는 통화였다. 언제나 쾌활한 진형이었지만 그녀의 목소리는 부쩍 활기에 가득 차 있었다. 그녀는 자서전을 쓰는 데 도움이 될 만한 자료들이 자기에게 있으니 핑곗김에 내일 만나 저녁이라도 하자고 말했다. 문주는 흔쾌히 그러자고 했다. 그러고 보니 일을 시작한 후로 진형에게 제대로 된 식사도 한번 사지 못한 것이 생각났기 때문이었다. 저녁을 사겠다는 문주의 말에 진형은 더욱 높은 옥타브로 웃었다. 전화를 끊으며 문주는 어쩌면 그녀가 사랑에 빠졌을지도 모른다고 생각했다. 더군다나 그녀는 윤재와의 여행을 위해 규회와 자기까지 끌어들이지 않았는가. 그러자 언젠가 자료를 받기 위해 만난 날 윤재의 등에 업혀 있던 그녀의 편안한 모습이 떠올랐다. 곧이어 코까지 골며 어린애처럼 그의 품으로 파고들던 모습과, 윤재가 그런 그녀를 얼마나 애틋한 눈빛으로 지켜보았던가 하는 것이 선명하게 떠올랐다. 그러자 기이하게도 그 한쪽 탁자를 차지하고 자기 잔에 술을 채우던 그가 떠올랐다.

오지 않는 택시를 잡기 위해 아무 말 없이 도로를 걷던 그의 뒷모습과 그가 입었던 베이지색 면바지와 약간 구부러진 듯한 그의 어깨선이 떠올랐다. 그리고 며칠 전 우연히 만나 가게 된 정동진에서 술에 취해 문주를 외면한 채 이야기를 하던 그의 슬픈 표정이 떠올랐다. 정말 어처구니없는 연상작용이었다. 그 모든 잔영들이 고스란히 마음에 채워져 있다는 것에 문주는 다시 한 번 놀라 어깨를 추슬렀다.

전화를 끊은 뒤 문주는 마루로 나와 앉았다. 다시 방으로 들어간다는 것이 어쩐지 내키지 않았기 때문이었다. 알 수 없는 일이었다. 평면적인 슬라이드 필름 속에서 갑자기 사물들이 툭툭 튀어오른 것처럼 모든 지나간 일들이 가슴 속에서 갑자기 제 존재를 드러내려 하고 있었다. 수선스러운 상념들이 끊임없이 문주의 머리 속을 어지럽히고 있었다.

문주가 진형의 전화를 받은 것은 지난 토요일이었다. 한바탕 떼거지를 부린 울음 끝에 하늘이 일찌감치 잠들었기 때문에, 모처럼의 평온함을 맛보며 작업을 하고 있던 중이었다. 그때 갑작스러운 전화벨 소리가 방 안을 울려대기 시작했다. 사위가 조용했던 탓이기도 했겠지만 전화벨 소리는 지나치게 크고 시끄러웠다. 혹 하늘이라도 깰까 문주는 급하게 전화를 받았다. 수화기 너머로 자동차가 돌아가는 소리와 제대로 알아들을 수조차 없는 사람들의 말소리가 섞여서 흘러나왔다.

“문주니?”

전화를 건 사람은 진형이었다. 습관처럼 문주는 벽에 걸린 시계를 바라보았다. 막 9시가 넘어가고 있는 중이었다. 늦은 시간에는 진형이 전화를 건 적이 없었기 때문에 문주는 조금 의아했다.

“어 그래, 진형이구나.”

“지금 뭐 하고 있었니?”

“작업하고 있던 중이었어.”

“잘 돼 가니?”

“잘 되긴. 그렇지 뭐.”

“너도 뭔가 기분 전환이 필요해. 매일 그렇게 얽매여 사니까 어디 숨통이나 제대로 트이겠니.”

“……”

“문주야 그러지 말고 지금 나와.”

갑작스러운 제안에 문주는 조금 당황했다.

“늦은 시간인데…… 그리고 혼자 있는 것도 아닌 것 같고.”

“넌 아직도 여고생처럼 시간 따지면서 생활하니? 그러지 말고 나와. 우리 숨통 좀 트러 어디라도 갔다 오자. 지금 정동진에 갈려고 그래. 규회 씨라고 너도 알지? 왜 저번에 만났던 윤재 씨 친구 말야. 그 사람도 나오기로 했어.”

전화를 끊기가 무섭게 진형과 윤재가 기다리고 있다는 곳으로 서둘러 택시를 타고 가며 문주는 피식 웃었다. 전혀 계획에 없던 일임에도 이토록 급하게 나가는 자신이 어이없게 느껴졌기 때문이었다. 사실 문주는 진형의 전화를 받으면서도 갑작스러운 여행에 동행할 마음이 없었다. 그러던 것이 갑자기 마음이 바뀌었던 것이다. 지금 나간다면 내일 저녁때까지도 집에 돌아오기는 쉽지 않을 터였다. 잠든 하늘이 혹시 밤에라도 깨어 문주를 찾을지도 모르는 일이었다. 어쩌면 쉽게 잠들지 않고 피곤에 지친 엄마를 밤새도록 괴롭힐지도 모르는 일이었다. 그럼에도 불구하고 문주는 허겁지겁 집을 나왔고 때마침 지나가는 택시에 올라타게 되었던 것이다.

규회, 그 때문일까. 문주는 생각했다. 왜 그의 이름을 듣는 순간 아무런 판단도 내리지 못하게 되었을까. 문주는 그를 생각해본 적이 없었다. 처음 그를 보았을 때도 특별한 감정을 느끼지는 않았던 것 같았다. 하지만 그 어떤 부정에도 불구하고 그가 나오기로 했다는 말에 마음이 흔들렸던 것을 부정할 수는 없었다. 물론 진형은 작정을 하고 전화한 듯했지만 하늘을 두고 밖에 나가 혼자 밤을 보낸다는 것을 문주는 꿈도 꾸지 못했었다. 나이가 어린 탓도 있었지만 아이의 불안한 성정 탓이 더 컸다. 자기의 부재가 아이의 정서에 미칠 영향을 생각하면 더욱 그랬다.

그러나 문주는 약속 장소로 나가 진형을 만났고 여전히 말이 없이 목례를 취하는 규회에게도 어색한 인사를 했다. 정동진으로 출발할 때도 진형이 자연스럽게 앞자리에 앉았기 때문에 긴 시간 동안 문주는 규회와 나란히 앉아 끊임없이 무슨 생각인가를 했고 또 어색함을 지우려 윤재나 진형의 말에 과장되게 반응을 보이기도 했다.

그리고 정동진에서 무슨 일이 있었던가. 붉게 타오르는, 둥글다고 표현하기에는 너무 거대한 우주의 일부를 보았고 어디에선가 몰려드는 사람들의 무리를 보았고, 또 그의 깊이 감추어져 좀처럼 드러나지 않은 한 단면을 본 것도 같다.

그랬다. 그날 정동진에서 아직 해가 뜨기 전, 온통 어둠뿐인, 몸을 뒤채는 물살의 움직임만 가깝게 들리는 바닷가에서 문주는 규회의 옆에 앉아 있었다. 무슨 이유에선지 서울을 출발할 때부터 규회는 시종 우울해 보였고 정동진에 도착해서까지 표정을 펴지 않았다. 윤재와 진형이 나름대로의 시간을 갖는 동안 규회는 가까운 슈퍼에서 사온 캔 맥주를 마셨다. 딱히 몸 둘 곳을 찾지 못해 어색해하는 문주를 보고 별 감정이 섞이지 않는 음성으로 맥주를 권하기도 했다. 간혹 진형이 의미를 알 수 없는 표정을 지으며 웃었고 문주는 자신들의 데이트를 허용해 달라는 의미로 받아들여 미소를 지어 보였다.

"오늘이 꼭 일 년째 되는 날이에요."

얼마간의 시간이 흐른 후 규회가 말했다. 나직한 음성이었다.

문주가 아무 말도 하지 않자 손에 들고 있던 맥주를 마저 마신 뒤 그가 다시 말했다.

"이맘때쯤 어머니가 돌아가셨어요. 제 작업실에 오셨다 가시는 길에 사고를 당하셨죠. 저 때문이었어요. 시력이 안 좋으시다는 걸 뻔히 알면서도 바쁘다는 핑계로 나가보지도 않았다니…… 바로 눈앞에서 벌어진 일인데도 제일 늦게 병원에 도착했을 때는, 이미, 돌아가셨어요."

문주는 아무 말 없이 그의 말을 들었다. 그는 문주가 아닌 그 누구에게라도 말을 하고 싶었던 것 같았다. 술기운 탓인지 다소 어눌해진 음성으로 이야기를 하며 그는 점점 안으로 파고들고 있었다. 몇 번이고 고개를 흔들며 말을 정정하는 모습은 자신감을 많이 잃은 사람에게서 볼 수 있는 몸짓들이었다. 사람들과 말을 하는 게 두려웠다는 그의 말을 들으며 문주는 가슴이 아팠다. 고개를 돌린 그의 등이 작은 남자아이의 그것만큼이나 좁고 약하게 느껴지기도 했다.

"오늘 첫 추도식을 드렸죠. 차마 어머니의 사진을 똑바로 바라볼 수가 없었어요. 어머니의 부재를 인정할 수도 없었고……."

그의 말소리는 점점 더 바다 속으로 가라앉고 있었다. 말끝을 제대로 잇지 못한 채 안으로 파고들다가 결국에 그는 문주의 등에 기대 가볍게 코를 골기도 했다. 그의 곱슬거리는 머리카락이 볼을 간지럽힐 때마다 문주는 공연히 가슴이 둥글게 팽창되는 것을 느끼기도 했다.

그것뿐이었다. 곧 붉은 해가 타오르기 시작했기 때문에 어지럽게 널려 있는 맥주 캔들을 치우며 문주는 그의 어깨를 가볍게 흔들었다. 민망한 표정을 지으며 그가 눈을 떴고 그런 그에게 문주는 가벼운 미소를 지어 보였을 뿐이었다.

그때까지 어디에선가 이야기를 나누던 윤재와 진형이 다가왔고 넷은 붉은 기운을 얼굴에 맞으며 각자의 상념에 빠져들어갔던 것이다.

모든 일들을 떠올리며 문주는 문득 그를 생각했다. 그는 지금쯤 무얼 하고 있을까.

전화를 끊은 후 문주는 헤이즐넛 커피를 한 잔 끓인 후 마루에 앉았다. 다시 방으로 들어갈 생각을 하니 영 내키지 않았던 것이다. 방금 전까지 마루를 뛰어다니던 하늘은 보이지 않았다. 어디에 쪼그리고 앉아서 인형놀이라도 하고 있는 모양이라고 문주는 생각했다. 커피를 마시며 문주는 오늘까지 써놓아야 할 원고의 양을 가늠해 보았다. 지금 속도로 보아서는 저녁을 먹기 전까지는 꼬박 컴퓨터에 매달려 있어야 할 것 같았다. 찻잔을 입에 댄 채 문주는 마당을 바라보았다. 여름이 끝나가고 있음에도 불구하고 직선으로 내리꽂는 햇살은 여전히 위압적으로 마당을 짓누르고 있었다.

"흡."

문을 여는 동시에 문주는 짧게 숨을 들이마셨다. 말할 수 없이 수상쩍은 냄새가 방에서 쏟아져나왔던 것이다. 그 냄새의 정체가 무엇인가를, 문주는 웃고 있는 하늘의 표정을 보고 알아차릴 수 있었다. 하늘은 방에 펼쳐놓은 교자상 위에 앉아 있다가 문을 열고 들어서는 문주와 눈이 마주치자 며칠 전부터 흘리기 시작한 침으로 인해 독이 잔뜩 오른 턱을 움직이며 배시시 웃었다. 문주는 황급히 방 안으로 뛰어들어가 앉아 있는 하늘을 상 밑으로 끌어내렸다. 문주에게 이끌리어 하늘이 엉거주춤 내려오자 아까 참고로 보다가 내려놓은 자료 위에 하늘이 배설해 놓은 분뇨가 적나라하게 드러났다. 당혹스러워 아무 말도 하지 못하고 있는 문주에게 하늘이 매달렸다.

"어무, 어무."

하늘의 어눌한 발음이 귓불에 닿는 순간 문주는 갑자기 명치 끝에서 올라온 어떤 분노가 목구멍에서 턱 막히는 느낌에 진저리를 치며 하늘을 밀어냈다. 무방비 상태로 매달려 있던 하늘이 문주에게서 떨어져나가 맞은편 벽에 등을 부딪치고 주저앉았다. 몹시 놀란 듯 하늘은 두 눈을 동그랗게 뜨고 문주를 바라보더니 곧 울기 시작했다.

문주는 부엌에서 비닐 봉투를 들고 와 하늘의 배설물이 들러붙은 자료들을 쓸어 담았다. 메마른 침을 삼키며 꾸물꾸물

기어나오려 하는 어떤 슬픔을 문주는 안으로 꾹꾹 집어넣었다. 가슴이 뜨거워 견딜 수가 없었다. 한 뭉치의 용암이라도 끓고 있는 것 같았다. 참아보려고 했지만 눈자위가 자꾸 축축해졌다. 어무, 어무. 하늘은 점점 큰 소리로 울어댔다. 눈과 입에서 나온 액체들이 금세 아이의 턱을 벌겋게 물들여놓았다. 따가운 듯, 하늘은 손톱으로 턱을 긁어댔다. 피가, 그 선명한 결정체가 하늘의 손톱에 묻어나왔다.

턱을 긁어대던 하늘은 점점 더 신경질적으로 몸을 긁어대기 시작했고, 급기야 땀에 들러붙은 머리카락을 쥐어뜯으며 괴로워했다. 문주는 아이를 안고 화장실로 들어갔다. 커다란 대야에 따뜻한 물을 받아 하늘의 목과 턱과 등을 천천히 씻어나갔다. 지친 아이는 아무런 반응도 보이지 않았다. 설움에 겨운 듯 가끔씩 어깨를 들썩이며 훌쩍이는 소리를 낼 뿐이었다.

좀처럼 냄새가 가시지 않는 방문을 열어놓고 문주는 엄마의 방으로 들어가 아이를 재웠다. 아이는 잠들어서도 이따금씩 흐느꼈다. 무서운 꿈이라도 꾸는지 어깨가 움찔거렸다.

그때 누군가가 대문 앞에 서서 두 번 문을 두드리며 말했다.

"계십니까."

"무슨 일로 오셨지요."

조심스럽게 방문을 닫으며 문주가 물었다. 남자는 어느새 마당에까지 들어와 있었다.

“감문주 씨한테 전할 물건이 있습니다.”

전할 물건이 있다는 말에 문주는 의아해했다. 최근 몇 년간 문주는 누구한테도 택배 회사를 통해 무언가를 받아본 적이 없었다.

“제가 감문주인데요.”

“아, 그러십니까. 그럼 여기에 사인을 해주세요.”

들고 있던 물건을 내려놓으며 남자는 문주에게 수첩을 내밀었다. 남자가 내민 수첩에 사인을 하며 문주는 발신인란을 보았지만 이름이 적혀 있지 않았다.

정사각 모양의 물건은 단단하게 포장되어 내용물이 짐작되지 않았다. 제법 묵직해서 한 손으로 들기에는 버거울 정도였다. 물건을 무릎에 내려놓고 문주는 한참동안 그것을 들여다보았다. 수신자 란에 검정 사인펜으로 쓴 감문주 선생님이라는 글씨는 택배 회사 직원의 땀으로 인해 엷게 퍼져나가 있었다. 문주를 선생님이라고 부를 만한 사람은 별로 많지 않았다. 출판사의 몇몇 직원들과 자서전을 대필해준 몇 사람뿐이었다. 문주는 언뜻 아는 얼굴들을 떠올려보았지만 그들 중 누구도 문주에게 이런 것을 보낼 이유를 가진 사람은 없었다.

상자 안에는 보통의 두께보다 현저히 두꺼운 음반 세 장이 들어 있었다. 메모리라는 노래가 수록되어 있는 바브라 스트라이샌드의 것과, 이무지치 합주단이 연주한 비발디의 사계, 에릭

클랩튼의 기타 연주곡이었다. 모두 일본에서 발행된 것들이었다. 문주는 문득 그를 떠올렸다. 그라면, 이런 정도의 음반을 보낼 수도 있을 것이다. 하지만 그가 왜, 이런 것을. 문주는 자신을 향해 말을 하던 그의 모습을 떠올려보았다. 그날, 정동진에서의 그는 다소 감상적이긴 했지만 문주를 대하는 음성은 건조하기만 했다. 그런 그에게서 문주에 대한 어떤 특별한 감정을 발견하는 것은 어려운 일이었다. 더구나 그가 어떻게 문주의 주소를 안단 말인가.

음악을 들어볼까 생각하다가 문주는 그만두었다. 누가 보냈는지 알지도 못하는 음반을 듣는다는 것이 내키지 않았던 것이다.

문주는 마루에서 일어나며 언뜻 시계를 보았다. 벌써 3시가 지나가고 있었다. 그리고 보니 엄마가 돌아올 시간이 훨씬 지나 있었다. 아마도 또 고향 친구를 만나고 있는 모양이었다. 그날 우연히 조우한 뒤로 엄마와 남자 친구의 데이트는 부쩍 잦아지고 있는 중이었다. 처음에는 쑥스러워하며 숨기려 하던 엄마도 더 이상 펄쩍 뛰는 시늉을 하지 않았다. 며칠 전엔 문주의 방에 건너와 곤란하다는, 그러나 굳이 기쁨을 감추지 않는 얼굴로 엄마는 말하기까지 했다.

"문주야, 나 아무래도 파출부 일 그만두어야겠다. 그 양반이 하두 펄쩍 뛰니까 어째 남세스러워서. 이번 달만 채우면 당분간

쉬어야 될 것 같다.”

그 말을 듣고 문주는 엄마와 헤어질 날이 얼마 남지 않다는 것을 감지했다. 그 느낌은 엄마의 장롱 속에 늘어가는 새 옷들과 생전 써보지도 못했던 화장품들이 새로 들인 경대 위에 즐비한 것만큼이나 명확하고 단정적인 것이었다.

문주는 방으로 들어가 의자에 앉았다. 아직 빠져나가지 못한 냄새들이 바닥에서 올라왔다. 문주는 컴퓨터를 켰다. 노인과 노인의 친구가 삼팔선을 넘는 대목에서 원고는 끝나 있었다. 삼팔선 부근의 식당에서 냉면을 먹다가 급작스러운 신분 검사를 당했다는 내용이었다. 문주는 키보드에 손을 올려놓고 원고를 치기 시작했다.

그러나 얼마 쓰지 못하고 문주는 결국 컴퓨터를 끄고 말았다. 전혀 문장이 나가지 않았던 것이다. 그려놓은 밑그림은 눈에서만 뱅뱅 돌 뿐 적절한 문장이 떠오르지 않았다. 게임으로 들어가 개구리의 모험 따위를 하다 보면 조금 나아지지 않을까 생각해 보았지만 그것조차 내키지 않았다. 문주는 다시 부엌으로 가 커피를 한 잔 마셨다. 그러나 아무 맛도 느낄 수가 없었다. 조금 전의 그 향긋한 헤이즐넛 향조차 느껴지지 않아 혹시 다른 커피를 끓인 것은 아닌가 하고 커피통을 확인해볼 정도였다. 문주는 다시 마루에 가서 앉았다. 햇빛은 여전히 마당에 가득 머물러 있었다. 적요로운 마루에 앉아 문주는 아직도 그 자리에 놓여 있는 음반을 다시 한 번 들어 무릎에 올려놓았다. 그러다 문득 문주는 쿵, 하고 가슴 속의 무거운 추 하나가 심연으로 떨어지는 소리를 듣게 되었다.

진형의 전화를 받았을 때부터 마음을 잡지 못하게 하는 신산스러움의 실체가 잡혔던 것이다. 그랬다. 사실 오전 내내 문주는 신산스러웠다. 가슴이 부웅, 허공에 뜬 것처럼 두근거리기도 하고, 아무것도 아닌 일에 공연히 날카로워지기도 했다. 생각도 없는 커피를 여러 잔 마시기도 하고, 다 읽고 꽂아두었던 책을 뒤적이기도 했다. 처음엔 그것이 의례히 그랬던 것처럼 일을 시작할 때면 나타나는 긴장 현상인 줄로만 알았다. 그러므로 이번 역시 처음 시작만 어려울 뿐 곧 원고가 술술 풀려나갈 수 있을 것이라고 생각했다. 그러나 마루에 앉아 음반을 들여다보는 순간 문주는 이런 신산스러움이 쉽게 풀리지 않을 것이라는 것을 예감하고 말았다.

인정하고 싶지 않았지만 문주는, 막연히 그를, 떠올리고 있었던 것을 부인할 수 없었다. 언제부터였는지는 기억나지 않았다. 얼마 전 어두운 바닷가에서 그와 어깨를 나란히 하고 앉아 있었을 때부터이거나 아니면 찻집에 앉아 국화차를 마셨을 때부터이거나, 그 이전 음반점에서 우연히 그를 만났을 때이거나, 아니면 인적 없는 거리에서 그의 어깨를 본 뒤부터일지도 몰랐다. 진형의 전화를 받으면서도, 컴퓨터를 치면서도, 혹은 차를 마시

면서도 문주는 이따금씩 그를 떠올렸고, 또 그런 자신이 우습다
고 실소했다. 하지만 누가 보냈는지도 알 수 없는 음반을 보는
순간 문주는 어찌해볼 수 없을 정도로 온전히 그를 가슴의 방
하나에 가두어버렸다는 사실을 깨닫고 말았던 것이다.

　문주는 방으로 들어가 택배 회사 직원이 배달해준 세 장의 음
반을 원목 책장 위에 단정히 올려둔 다음 오디오 장에서 모차르
트를 찾아 집어넣었다. 짧은 공백이 이어졌고 곧 세훈이 즐겨
듣던 피아노 협주곡이 흘러나왔다. 오디오 앞에 무릎을 세우고
문주는 음악을 들었다. 영화를 보며 감탄을 연발하던 세훈의 머
리 위로 지나가던 영사기의 불빛이나 그런 세훈을 바라보며 자
신이 얼마나 행복해했던가를 떠올리려 애썼다. 그러나 안타깝
게도 스크린에서 나오는 영상, 살리에리가 모차르트의 집으로
가정부를 가장한 스파이를 보내는 장면이나, 그 스파이가 다시
모차르트의 집으로 비밀리에 살리에리를 불러들이는 것 따위는
어제 본 듯 선명한데 유독 가벼운 감탄을 내뱉던 세훈의 표정은
안개에 갇혀 형체가 드러나지 않았다. 문주는 세훈의 사소한 습
관들, 예를 들면 화가 풀릴 때 약간 실룩이던 콧등이나, 배가 나
와 구부릴 수 없는 문주의 발톱을 열심히 깎아주던, 문주로 하
여금 생활에 대한 충만감마저 느끼도록 해주었던 작은 몸짓들
을 떠올려보려 애쓰다 문득 진저리를 쳤다. 한때는 그토록 사랑
했던, 그가 아니라면 아무 의미도 없다고 여기던 것들에 대해

어느새 한 발자국 물러선 채 마치 낡은 비디오를 보는 것처럼 무덤덤해져 있는 자신을 발견했던 것이다. 소중한 기억들이 보잘것없는 편린이 되어 하나씩 자신의 몸에서 올올이 빠져나가는 두려움을 느낀 문주는 오디오의 볼륨을 윗단으로 올려놓았다. 건반을 구르는 곡의 조각들이 날카로운 파편이 되어 문주의 방을 사정없이 파헤치고 다녔다.

8

소아과 의사의 렌즈가 두터운 안경을 문주는 무표정하게 바라보았다.

"아무래도 지속적인 치료가 필요할 것 같습니다."

반응이 없는 문주를 향해 의사가 다시 한 번 말했다.

의사가 하늘에게 내린 진단은 대인 기피성 자폐증이었다. 이미 다른 아이들과 정상적으로 어울리기에는 힘든 단계에까지 이르렀으니 다시 한 번 정밀 검사를 받아보고 통원 치료를 할 것인지 아니면 특수 클리닉에 보내 입원 치료를 해야 할 것인지를 정해야 할 것이라고 그는 말했다.

"이 정도 되면 성정도 불안하고, 또 심한 퇴행 증세를 보였을 텐데 이상하다는 생각은 못 하셨습니까?"

다시 질책하는 어투로 의사가 물었다. 문주는 그간 하늘이 보여준, 다소 이상하게도 여겨졌지만 아빠 없이 혼자 자라는 어리광이겠거니 생각하며 애써 태연하게 넘겼던 일들을 머리 속에 떠올려보았다. 아무리 생각해 보아도 자폐적인 증상이라고까지 느낄 만한 것은 없었다. 언어 발달이 늦고 다소 우울한 면이 있는 것쯤이야 다른 아이들도 충분히 그럴 수 있는 일이었고, 소화를 시키지 못할 정도로 먹어대는 것은 식욕이 좋은 탓이겠거니 생각했다. 다만 하나 걸리는 것이 있다면 바로 어제 자료가 깔린 교자상에 올라가 변을 본 일뿐이었다. 일을 벌여놓고도 태연히 웃고 있는 하늘을 보고 문주의 가슴이 덜컥했던 것은 사실이었지만 자폐증이라니, 꿈도 못 꿀 일이었다.

다음 진료일까지 될 수 있으면 아이와 많은 시간을 보내라는 의사의 말을 뒤로 하고 문주는 서둘러 진료실을 나왔다.

병원 현관 앞은 때아닌 사람들로 북적거렸다. 모두들 심란한 표정으로 밖을 내다보고 있었다. 간혹 눈을 동그랗게 흡뜬 사람들이 바쁘게 뛰어나갔고, 밖에서 들어오는 사람들은 한결같이 머리나 어깨가 젖어 있었다. 그들 중 누구의 손에도 우산이 들려 있지 않은 것으로 보아 또 소나기가 내리는 모양이었다. 문주는 사람들에게 가려진 틈새를 비집고 밖을 내다보았다. 굵은 빗줄기들이 포장된 도로와 부딪치며 물안개를 피워 올리고 있었다.

아무래도 택시를 잡기가 쉽지 않겠다고 문주는 생각했다. 시계를 보니 막 12시가 넘어가고 있었다. 운 좋게 일찍 택시를 잡는다 해도 집에 도착하면 1시 반은 족히 넘을 것 같았다. 12시면 점심을 먹는 하늘이 견디기에는 너무 늦은 시간이었다.

"하늘아, 우리 밥 먹고 갈까?"

차라리 병원 식당에서 식사를 해결하는 것이 좋을 것 같아 문주가 말하자 하늘이 반가운 내색을 하며 환히 웃었다.

"아유, 우리 하늘이 배 고팠구나. 자, 저쪽으로 가서 맛있는 것 먹자."

식당이라고 표시된 안내판을 따라 문주는 병원의 지하로 내려갔다. 뭔가 간단한 것으로 해결하리라는 생각과 달리 지하 식당은 제법 여러 종류로 나뉘어져 있었다. 각각 한식과 양식과 중식이라고 쓰여진 간판을 보며 문주는 천천히 걸었다.

문득 잡은 손을 놓으며 하늘이 걸음을 멈추었다. 무언가를 발견한 것 같았다. 하늘의 시선이 가 닿은 곳을 문주는 바라보았다. 자장면 사진이었다. 형광빛으로 밝힌 자장면과 곱게 썬 오이와 짙푸른 완두콩이 조화롭게 놓여 있어 다른 것에 비해 매우 입체적인 느낌을 주는 사진이었다.

"하늘이 자장면 먹고 싶어?"

문주는 하늘의 손을 맞잡으며 말했다. 하늘은 아무런 표정 없이 그림만 바라보고 있었다. 저토록 제법 진지한 표정까지 지으며 그림을 바라보는 하늘이 자폐증이라니 믿을 수 없는 일이라고 문주는 생각했다. 고개를 든 하늘의 얼굴을 문주는 천천히 만져보았다. 어린아이 같지 않게 윤곽이 뚜렷한 코와 도톰한 입술의 느낌이 손끝에 전해졌다. 턱에 시선이 닿자 문주는 코끝이 매워졌다. 아무리 연고를 발라도 끊임없이 흐르는 침 때문에 턱이 손끝만 살짝 닿아도 아플 정도로 벌겋게 상기되어 있었던 것이다.

문주의 손길을 느낀 하늘이 흠칫 놀라는 표정을 지으며 뒤로 물러섰다.

"아, 아니야. 자, 들어가자."

식당으로 들어갈 때도 하늘은 고개를 돌리면서까지 그림에서 눈을 떼지 않았다. 중식이라서 그런지 식당 안에는 어린아이들이 많았다. 모두들 입 부분이 거무스름한 것으로 보아 자장면을 먹고 있는 것 같았다. 아닌게 아니라 자리를 잡기 위해 둘러보니 너 나 할 것 없이 앞에 자장면을 두고 있었다.

자리를 잡은 후 문주는 그릇을 치우기 위해 돌아다니고 있는 여자가 오기를 기다렸다. 하늘은 여전히 출입구에서 눈을 떼지 않고 있었다. 입에 가득 자장을 문 아이들이 하나 둘 웃으며 문주와 하늘 곁을 지나갔다. 상대방의 옷자락을 잡으려는 아이와 잡히지 않으려는 아이들은 입 안에 들어 있는 면이 다 보일 정도로 입을 벌린 채 책상에 부딪치기도 하고 바닥에 엎어지기도 하면서도 꺄르르 웃는 소리를 냈다. 아이들은 부모가 있는 곳으로부터 떨어져나와 어느새 문주와 하늘 주위를 빙빙 돌며 장난을 치고 있었다. 지나치게 소란한 것을 눈치챈 부모들이 아이들을 불러주기를 기대했지만 아이들에게 관심을 갖고 있는 사람은 없었다. 간혹 안쪽에 앉은 젊은 부부가 누군가의 이름을 불렀지만, 아이들 중 누구도 그들에게 주의를 기울이지 않았다. 부부 역시 아이가 얌전해질 것을 기대하고 그러는 것 같지는 않았다. 자리를 잘못 잡았다고 문주는 생각했다.

그러나 주문한 자장면이 나오자 하늘의 얼굴이 급격히 환해지는 것을 보고 문주는 다소 마음이 풀어졌다. 문주는 젓가락으로 소스와 안에 감추어져 있는 면을 골고루 섞은 다음 가위로 잘라 하늘 쪽으로 밀어주었다. 그러나 환한 얼굴과 달리 하늘은 엄두가 나지 않는 눈치였다.

"하늘이, 엄마가 먹여줄게. 아, 하고 입 벌려."

문주의 얼굴을 쳐다보며 하늘이 비로소 만족한 얼굴로 입을 벌렸다. 문주는 젓가락으로 적당한 양을 집은 다음 하늘의 입으로 가져갔다.

그때였다. 여전히 주위를 빙빙 돌던 아이들 중의 하나가 누군가의 발에 걸려 하늘에게 부딪친 것은. 막 자장면을 입에 넣던 하늘이 급작스러운 충격으로 인해 입 주위만 더럽힌 채 면을 바닥에 흘리고 말았다. 뛰어다니던 아이들이 모여들자 넘어진 아

이가 민망함을 감추기 위해 울기 시작했고, 막 입에 들어온 자
장면을 놓친 하늘은 허탈한 표정으로 바닥을 바라보았다.

"어무, 어무."

하늘이 훌쩍였다. 목이 잠겼던 탓인지 더욱 어눌하고 탁한 목
소리였다. 그와 동시에 문주의 눈치를 보며 울던 아이가 소리없
이 일어나 하늘을 바라보았다. 어느새 아이들의 시선은 온통 하
늘에게 쏠려 있었다.

"얘, 바보인가 봐. 말을 못해."

"턱 좀 봐. 빨갛고 우둘투둘 해. 너무 징그러워."

무료한 장난 끝에 새로운 것을 발견한 아이들은 하늘의 입과
침 독으로 인해 벌겋게 상기된 턱 주위를 호기심과 경멸이 가득
찬 눈빛으로 바라보았다. 그 중의 하나가 부모에게 새로운 구경
거리를 알리러 간 사이 짓궂은 아이들은 손가락을 들이밀고 다
가왔다. 금방이라도 하늘을 놀릴 듯한 분위기였다.

"얘들아, 저쪽으로 가렴."

마음을 가라앉힌 뒤 조심스럽게 얘기했지만 말끝이 떨리는
것까지는 어쩔 수가 없었다. 가라앉은 문주의 목소리에 웅성거
리던 아이들이 아주 잠깐, 긴장의 빛을 띠었지만 곧 무리가 주
는 힘에 의지하고 다시 하늘을 보며 뭐라 떠들기 시작했다. 그
때 줄무늬 티셔츠를 입은 아이가 입을 비죽거리며 천천히 다가
왔다. 너무나 짓궂은 아이의 표정에 문주는 긴장이 되었다. 짐

짓 무서운 표정을 지어보지만, 새로운 놀림거리에 대한 호기심
으로 가득 찬 아이는 아무런 상관도 하지 않는 것 같았다. 어느
새 다른 아이들마저 주위에 모여들고 있다는 것을 느낀 문주가
말했다. 엄마한테로들 가렴. 그러나 결국 일은 벌어지고 말았
다. 문주의 말을 개의치 않던 줄무늬 티셔츠의 아이가 종내는
손으로 하늘의 턱을 훑어버렸던 것이다. 그러나 정작 문제는 그
게 아니었다. 더 큰 일이 일어나고 만 것이었다. 정말 눈 깜짝할
사이에 일어난 일이었다. 천천히 다가오는 아이를 피해 문주의
품으로만 파고들던 하늘이 어느 순간 몸을 돌린 것은. 아이의
손을 제지하던 문주는 미처 하늘을 잡은 손에 힘을 주지 못했고
하늘은 어느새 튀어나가 궁지에 몰린 쥐처럼 맹렬히 아이의 손
가락을 물고 놓아주지 않았다. 손가락을 물린 아이가 아아, 소
리를 질러대며 울기 시작했고 나머지 아이들은 각자의 부모에
게로 흩어져 달아났다. 자세한 상황을 알 리 없는 아이들의 부
모와 주방 쪽에 빈 그릇을 밀어넣던 종업원과 식당으로 들어서
던 사람들의 마뜩치 않은 눈길이 문주에게 와 닿았다. 난감한
일이었다. 하늘은 소리를 듣지 못하는 아이 같았다. 아무리 달
래고 또 얼러보아도 아이의 손가락에서 입을 떼려 하지 않았다.
뿐만 아니라 자신을 떼어내려 하는 문주조차도 밀어내며 필사
적으로 손가락을 물고 있었다.
 "아이고, 이게 웬일이야. 어머 얘, 입 좀 벌려봐. 아줌마 어떻

게 좀 해봐요."

식당의 한 귀퉁이에서 누군가와 열심히 이야기를 나누던 아이의 엄마가 다가와 소리를 질렀다.

"어떡해, 애가 꼼짝도 하질 않아. 기집애가 대체 왜 이렇게 독한 거야."

하늘을 떼어내는 데 실패한 여자가 하늘의 입으로 손을 가져다 댔다. 두 손으로 입을 억지로 벌리려 하지만 하늘은 얼굴마저 시뻘개진 채로 더욱 단단히 입을 다물고 있었다.

"아줌마, 보고만 있으면 어떡해요."

땀을 뻘뻘 흘리며 여자가 문주를 향해 소리를 질렀다. 문주 역시 하늘에게 사정을 해보지만 도무지 반응이 없었다. 급기야 여자가 하늘의 등을 내리쳤고, 그래도 아무 반응이 없자 결국엔 하늘의 뺨을 내리쳤다. 단단한 사슬처럼 점점 조여들던 하늘의 입이 그 순간 벌어졌다. 여린 살 위로 여자의 손자국이 크게 부풀어올랐다. 어이가 없어 문주는 아무 말도 할 수가 없었다. 일의 자초지종을 흥분한 여자에게 이야기하며 따질 수도 없는 상황이었다. 손가락을 물린 아이는 울다 지쳐 바닥에 엎드린 채 일어나지도 못하고 있었다. 피가 통하지 않아서인지 손가락 전체가 퍼렇게 질려 있었고 잇자국 때문에 움푹 들어간 마디는 뼈라도 부러진 것처럼 위태해 보였다.

결국 문주는 도망치듯 식당을 빠져나왔다. 응급 치료를 받아

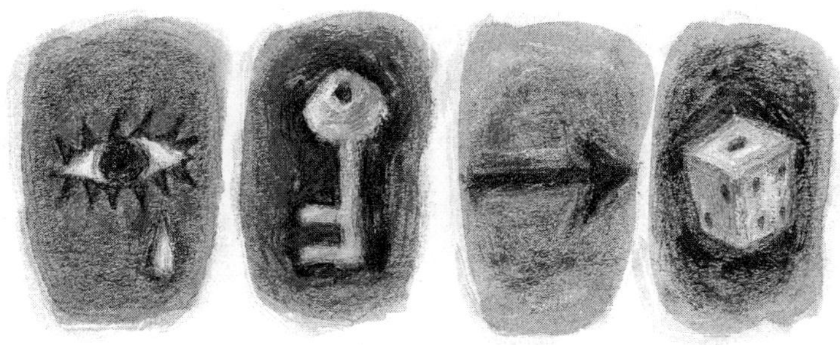

야 된다고 펄펄 뛰는 여자에게 있는 돈을 다 털어주고 나오며
문주는 가슴에 가시가 박힌 것처럼 따가워 견딜 수가 없었다.
한쪽 얼굴이 벌겋게 부풀어오른 하늘은 문주의 다리를 꼭 잡으
면서도 울지 않았다. 입술을 앙 다문 채 앞만 보고 걸을 뿐이었
다. 문주는 식당이 멀어지자 그 자리에 앉아 경직된 하늘의 어
깨를 잡아주었다. 여전히 하늘은 아무런 표정도 짓지 않았다.
몸을 돌리고 문주는 가만히 등을 내밀었다. 잠시 주저하던 하늘
이 곧 문주의 어깨에 가슴을 대었다. 그러자 어디엔가 숨어 있
던 눈물이 문주의 시야를 가득 메우고 말았다.

9

　돌아오기로 약속한 시간이 훨씬 지나도록 좀처럼 엄마는 돌
아오지 않았다.

　오지랖 넓게도 엄마는 남자 친구의 부인이 누워 있다는 벽제
까지 그와 함께 인사를 하러 갔다. 그런 일까지 해야 하느냐고
눈을 흘기는 문주에게 엄마는 그래도 그런 게 아니다, 라고 찡
한 표정까지 지어가며 벌초용 낫까지 신문지에 돌돌 말아 대문
앞에서 그를 기다렸었다. 자연스럽게 인사를 하는 것이 좋지 않
겠냐는 성화에 못이겨 때이른 아침에 화장까지 한 후 엄마에게

공연한 심통을 부렸던 일을 문주는 떠올렸다. 그러나 문주의 핀잔에 조금 샐쭉해 있던 엄마는 그가 탄 차가 대문 앞으로 미끄러져 닿자 금세 홍조를 띠었고, 수다스러운 목소리로 남자에게 문주를 인사시켰다. 안녕하세요, 엉거주춤 인사를 하며 바라본 그의 얼굴선은 엄마의 말마따나 추레한 기색이 역력했다. 영양이 모자라는 사람처럼 피부는 거칠었고, 더군다나 그가 입은 양복은 이미 오래 전에 유행이 지나간 것이었다. 그는 어쩐 일인지 문주의 인사에 조금 허둥대는 것 같았다. 갑작스러운 만남에 당황하는 것이라고 생각했지만 초로의 온화한 신사를 연상했던 문주로서는 영 기분이 좋지 않았다.

문주의 인사를 받는 둥 마는 둥 고개를 숙이던 그가 서둘러 차의 문을 열었고, 엄마는 첫 데이트를 나가는 소녀처럼 조금 흥분한 표정으로 자리에 앉았다. 그러나 우아하게 앉은 엄마의 가방 속으로 삐죽이 드러난 낫자루를 창밖에서 본 순간 문주는 불현듯 가슴이 저려오는 것을 느꼈다. 이상하게도 그것은 아무리 뽑아대도 끊임없이 자라나는 엄마의 흰머리처럼 아련한 안타까움을 불러일으켰기 때문에, 남자의 차가 골목을 빠져나간 후에도 문주는 한참을 대문 앞에 서 있어야 했다.

벽에 걸린 시계가 6시의 문턱으로 들어서자 문주는 마음이 바빠지기 시작했다. 진형을 만나기로 한 7시에 맞추려면 지금쯤 집에서 나서야 하는 것이다. 문주는 하늘을 내려다보았다. 의자

밑에서 하늘은 병원에서 돌아올 때 사온 색종이를 찢는 일에 열중하고 있는 중이었다. 아이와 시간을 많이 가지라는 의사의 말을 떠올리고 잠깐 하늘을 데리고 나갈까, 생각을 해보았다. 그러나 곧 고개를 흔들고 말았다. 낯선 사람 앞에서는 턱없이 경직되는 하늘이 또 어떤 우발적인 행동을 할지 무서웠던 것이다.

약속을 취소할까도 생각해 보았지만 이미 진형이 사무실에서 나왔을 시간이었다. 문주는 조급한 마음에 방 안을 서성거렸다. 다행히도 그때 대문이 열리는 소리가 들렸고 이어 피곤에 지친 엄마가 마루에 올라섰다.

"왜 이렇게 늦으셨어요."

반가운 마음이었음에도 어쩐 일인지 불쑥 퉁명한 말투가 터져 나왔다.

"얘가 왜 이렇게 화를 내고 그래. 피곤해 죽겠고만."

"그러기에 누가 남의 산소에 가서 벌초까지 하래요. 누가 알아준다고."

"누가 알아달라고 한 거간. 해야 할 도리니까 한 거지."

"도리는 무슨 도리. 그 아저씨랑 엄마랑 무슨 상관이 있다고."

"아이고, 오늘따라 얘가 왜 이렇게 시비야. 어서 나가. 너 약속 있다면서."

어쩐지 엄마는 아무하고도 이야기를 하고 싶지 않은 것 같았

다. 피곤해서일 수도 있었고, 아니면 그 남자와 함께 그의 아내
의 산소에 다녀왔다는 묘한 감정 때문이었을 수도 있었다.

　잠시 미안한 생각이 들지 않은 것이 아니었지만 문주는 모르
는 체하며 서둘러 집을 나섰다.

　"미안해. 많이 기다렸니?"

　가쁜 숨을 몰아쉬며 문주는 진형이 앉아 있는 탁자로 가서 앉
았다. 차를 마시며 창밖을 바라보고 있던 진형이 잔을 내려놓으
며 말했다.

　"괜찮아. 차가 많이 밀렸나 보구나."

　"아니, 일이 있어서 조금 늦게 출발했어. 차 마셨으면 우리
나갈까, 시간도 오래 됐는데. 아직 저녁 전이지?"

　"문주야, 잠깐만."

　일어나려는 문주의 어깨에 손을 얹는 시늉을 하며 진형이
말했다.

　"또 같이 왔어. 그 친구 요즘 어지간히 심심한가봐. 안 된다
고 해도 한사코 나만 따라다니는 것 있지."

　"이윤재 씨?"

　"너 만나기로 약속했다니까, 굳이 따라오겠다고 하잖아. 자
기가 있어야 재미있다나."

　그러고 보니 테이블에는 진형의 잔 말고도 아크릴로 된 파란

주스 잔이 하나 더 놓여 있었다.

“어디 가셨는데⋯⋯.”

“화장실. 아 저기 온다.”

그가 테이블 가까이 다가오기를 기다렸다가 일어나 문주는
목례를 취했다. 그 역시 여전히 서글서글한 미소를 지으며 문주
에게 인사했다. 무엇인가 지난번과는 많이 달라진 모습이었다.

“이렇게 번번이 껴들어서 죄송합니다. 진형 씨는 안 된다고
펄펄 뛰는데 제가 사정해서 쫓아왔습니다.”

“아니 괜찮아요.”

“어디 작업은 잘 되시구요.”

“예, 그런대로요. 그런데 얼굴이 달라지신 것 같아요. 아, 안
경을 벗으셨군요.”

“아이구, 관찰력 대단하십니다. 사실은 렌즈를 했어요. 이 친
구 말이 여자들은 안경 쓴 남자를 싫어한다나요. 너무 병약해
보인다고요. 감 선생님도 안경 쓴 남자 싫어하십니까.”

“여하튼 뻥은 알아줘야 해. 내가 언제 그렇다고 했어. 자기가
그냥 폼 내고 싶어서 낀 거지. 말은 똑바로 해. 남 오해할 만한
말 하지 말고.”

“오해 좀 하면 어때. 오해하는 김에 그냥 그렇게 돼도 괜찮지
뭐.”

농담을 주고받는 진형과 윤재는 스스럼이 없었다.

"근데 결혼은 언제 하는 거야."

문주의 말에 진형이 눈을 동그랗게 떴다.

"결혼이라니, 누구 말야."

"누구긴 너랑 윤재 씨지. 너 어제 전화하는 것 보니까 목소리도 꽤 쾌활한 것 같더니 그래서 그런 거 아냐."

"어머 무슨 소리야. 너, 나 독신주의자란 거 모르니?"

정색을 하며 진형이 말했다.

"것 봐. 감 선생님 보기에도 우리가 썩 잘 어울린다는 소리 아냐. 우리 다 같이 늙어가는 처지에 등이나 긁으면서 같이 살자."

"가만히 좀 있어봐. 윤재 씨가 자꾸 그렇게 쓸데없는 농담이나 하니까 얘까지 오해하는 거 아냐. 며칠 전엔 디자인 부의 미스 민도 그러더니 이거 정말 순결한 처녀 이미지에 손상 가겠네."

"어머, 정말 두 사람 사귀는 거 아니었어?"

"우린 더도 덜도 아닌 친구 사이야, 친구. 이 친구 이미 결혼 날짜까지 잡아놓은 여자도 있어. 정확히 한 달 보름만 있으면 완전히 한물 간 유부남이라고. 지금 그 사람이 일본으로 어학 연수 떠나는 바람에 이렇게 나한테 붙어서 이죽대는 거라고. 알겠니? 며칠 후에 자기 애인 돌아오면 완전히 안면 바꿀 사람이라니까."

"어머, 그럼 정동진까진 왜 간 거야."

"문주 얘, 지금 보니까 완전히 조선시대네. 정동진엔 꼭 애인하고만 가야 하니. 넌 그러면 규회 씨하고 사귀어야겠다."

눈을 동그랗게 뜨며 진형이 짐짓 놀란 표정을 해보였다.

"근데 네 목소리가 요즘 왜 이렇게 다시 경쾌한 거야."

"아, 그거요. 저번에 출간된 거 반응 안 좋다고 내내 징징대더니 요번 건 빅 히트를 했거든요. 출간된 지 며칠 되지도 않았는데 벌써 재판 들어갔거든요. 그래서 그거 축하할 겸 겸사겸사 여행도 갔던 거구요. 그리고 다 탄로나서 드리는 말씀인데, 감 선생님 제 결혼식에는 꼭 와주실 거죠. 사실 제 배필 될 여자 굉장히 예쁘거든요. 진형 씨보다야 못하지만."

"하여튼 대단한 뻔뻔함이야."

"그런데 이 친구가 왜 이렇게 늦는 거야."

윤재가 문득 출입구 쪽을 바라보며 중얼거렸다.

"누가 또 나오기로 했니?"

"허규회 씨가 오기로 했대. 갈 데 없는 늙은 총각들 내가 다 시간 때워주는 신세라니까."

"어허, 무슨 말을. 규회 그놈이 얼마나 응큼한 놈인데. 걔가 그렇게 아무 데나 끼는 애가 아니에요. 실은 그놈, 감 선생님에 대한 인상이 굉장히 좋더라구요. 저번에 정동진에 갔을 때도 공연히 귀찮게 했다고 굉장히 미안해하던데. 그놈 술주정 받아주

느라고 많이 힘드셨죠."

"아니에요. 별 말씀도 안 하셨는걸요."

"아무한테나 자기 얘기하는 친구가 아닌데. 감 선생님한테서는 왠지 따뜻함이 느껴진다고 하더군요."

"규회 씨가 그랬단 말야. 이거 잘하면 내가 중매 턱 얻어먹게 생겼는데."

"애는, 무슨."

아무렇지도 않은 진형의 농담에 문주는 갑자기 얼굴이 달아오르는 것을 느꼈다.

그가 온다고 윤재가 말하고 있다. 내색하지 않으려고 했지만 그의 이름을 듣는 순간 문주는 어깨를 받치고 있는 기운이 한순간 몸에서 빠져나가는 듯한 기분에 사로잡혔다. 이토록 급작스럽게 그에게 마음이 쏠리다니, 알 수 없는 일이었다. 문주는 그를 단 두 번밖에 보지 못했다. 더군다나 두 번의 만남 또한 일회적이고 우연적인 것이었다. 그리고 지금도 마찬가지였다. 그는 문주를 보러 오는 것이 아니고, 그의 친구인 윤재를 보기 위해 온다지 않던가. 그렇게 생각하려 해도 그가 오기로 했다는 시간이 가까워질수록 발끝의 신경이 긴장되는 것까지는 어쩔 수가 없었다.

문주는 원목 책장 위에 가지런히 올려놓은 음반을 떠올렸다. 발신인의 이름은 적혀 있지 않았지만 바브라의 음반을 보는 순간, 그가 보낸 것이라는 것을 문주는 직감하고 있었다. 문주가 바브라의 노래를 좋아한다는 것을 아는 사람은 진형과 그뿐이었다. 그날 국화차를 마시던 그가 아무렇지도 않은 표정으로 좋아하는 음악이 무엇이냐고 물어보았을 때 문주는 바브라의 노래를 좋아한다고 대답했었다. 그러나 그의 질문에서는 어떠한 중량감도 느낄 수 없었다. 그렇다면 정동진에 다녀온 이후로 문주의 말을 기억했던 것일까. 윤재의 말마따나 자신의 실수에 대한 사과의 표시로 음반을 보냈던 것일까. 어찌 된 일이거나 예고도 없이 배달된 음반에서는 어쩐지 그의 냄새가 났다. 더군다나 그 음반이 시중에서는 쉽게 구할 수 없는 것이라는 것을 짐작한 뒤에는 그라는 것을 문주는 조심스럽게 확신했다. 그러나 그가 왜 그런 것을 보낸단 말인가. 스스로에게 이런 질문을 할 때마다 문주는 자신이 한없이 왜소한 달팽이가 되는 기분이었다. 욕실이나 마당으로 잘못 길을 들어서 당황한 나머지 작디작은 집 속으로 한없이 숨으려만 하는 달팽이 같은.

손가락 끝이 축축이 젖어오는 느낌이 들자 문주는 차가운 물이라도 만져야겠다는 생각에 화장실로 들어갔다. 수도꼭지의 수압을 가장 강하게 조절한 다음 한참이나 차갑게 흐르는 물에 손을 대었다. 물은 곧 문주의 몸 세포 속으로 들어가 마치 거미줄처럼 이어져 있는 혈관 속으로 서늘하게 흘러들어갔다. 수도꼭지에 손을 내맡긴 채 문주는 거울을 바라보았다. 발랄한 기운을 전혀 찾아볼 수 없는, 눈 아래 짙은 음영을 드러낸 삼십 대의 여자가 전혀 어울리지 않을 뿐 아니라 차라리 애처롭게도 보이게 하는 가벼운 홍조를 띤 채 문주를 바라보고 있었다.

어느새 도착한 그가 윤재의 이야기를 들으며 웃고 있었다. 그는 부드러우나 전과 다름없는 표정으로 문주에게 목례를 취했다. 문주도 고개를 숙인 후 자리에 앉았다.

"어디까지 얘기했드라. 맞아, 이놈 갑자기 군대가던 거 얘기했지."

문주의 출현으로 잠시 끊어졌던 이야기를 윤재가 다시 잇기 시작했다.

"글쎄 학기 초부터 말이라곤 한 마디도 하지 않고, 혼자 골치 딱딱 아픈 책만 읽더니 어느 날 나타나지 않는 거야. 그놈 드디어 어디 가서 도라도 닦고 있나 보다 생각했더니 딱 반 년 만에 시커먼 군인 아저씨가 돼서 나타난 거 있지. 우리는 미팅하느라고 정신이 없는데 말야. 난 이놈이 영락없이 철학자가 되거나 아니면 점쟁이가 될 줄 알았지. 이렇게 전혀 어울리지 않는 일을 할 줄은 꿈도 못 꾸었다고."

남의 이야기를 듣는 사람처럼 그는 빙긋이 웃고만 있었다.

또 무엇인가 사소한 몇 가지의 이야기를 나누는 동안 몇 순배의 술이 오가고, 몇 번인가 종업원이 맥주를 가져오고, 다시 빈 병을 거두어갔다. 모두들 서서히 목소리의 톤이 높아졌다.

금방 돌아가리라 마음먹었던 문주는 결국 종업원이 다가와 영업 시간이 끝났다고 말을 할 때까지도 일어서지 못했다. 문주가 카운터로 걸어가 계산을 하는 동안 진형을 부축한 윤재와 그가 천천히 걸어나갔다.

밖으로 나왔을 땐 진형과 윤재는 이미 가고 없었다. 혼자서 하릴없이 서성거리던 그가 멈칫거리며 서 있는 문주를 발견하고 다가왔다.

"다들 어딜 갔죠."

"진형 씨가 속이 너무 안 좋아서 먼저 갔습니다. 과음했나봐요."

"네……."

문주는 고개를 끄덕였다. 천천히 걷는 문주의 곁에서 그가 어깨를 맞추었다.

"택시를 잡아드리겠습니다. 댁이 성내동이라고 하셨죠."

"아뇨, 괜찮아요. 혼자 가겠어요."

정색을 하며 서는 문주를 그가 눈을 동그랗게 뜨며 바라보았다. 겸연쩍은 마음에 얼굴이 붉어지는 것 같았다.

"바쁘실 텐데 먼저 가세요."

"아니오, 괜찮습니다."

그가 비교적 단호하게 말한 후 다시 걷기 시작했다. 그보다 두 걸음 정도 뒤에서 걸으며 문주는 그의 발자국 소리를 들었

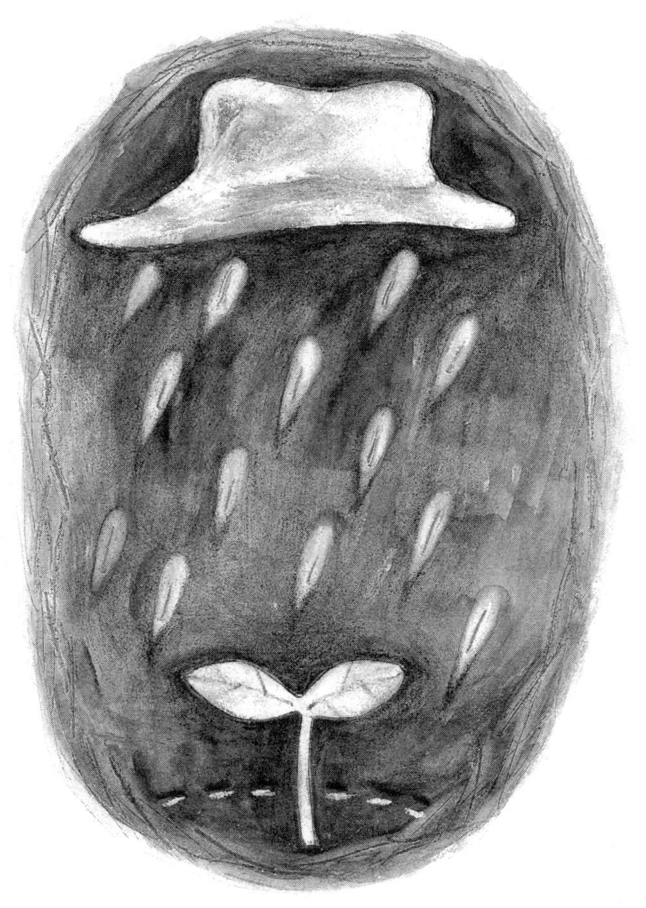

다. 보내준 음반에 대해 고마웠다고 말해야 하지 않을까, 잠깐 생각이 든 것은 그때였다. 문주는 고개를 들어 앞서가는 그를 바라보았다. 낯익은 어깨의 실루엣이 가로등 빛 아래 드러났다. 그의 뒷모습을 보자 문주는 문득 자신이 없어졌다. 음반을 보낸 사람이 그가 아닐지도 모른다는 생각이 든 것이었다. 그러자 분명 그가 아니라는 확신마저 들었다. 그가 음반을 보냈다면 한 마디쯤은 그에 대해 이야기했을지도 모르기 때문이었다. 다시 고개를 숙이고 걸으며 육각의 보도블록을 문주는 뜻 없이 헤아렸다.

도로는 텅 비어 있었다. 그의 발자국 소리가 보도블록 위에 긴 공명음을 울렸다. 그리 많이 늦은 시간도 아니었건만 어찌된 일인지 도로에는 아무도 걸어다니는 사람이 없었다. 왼쪽으로 손님을 기다리는 택시가 군데군데 서 있는 게 눈에 들어왔다. 그러나 그는 여전히 걷고 있었다. 그를 불러 인사를 한 뒤 택시를 탈까 생각하지 않은 것은 아니었지만 문주는 그렇게 하지 못했다. 자성에 의해 이끌리는 것처럼 보도블록을 헤아리며 그의 뒤를 따랐을 뿐이었다.

벌써 오백 번째의 보도블록을 헤아렸을 때 그가 섰다. 언뜻 지나온 길을 문주는 뒤돌아보았다. 군데군데 서 있는 가로등만 불을 밝히고 있을 뿐, 마치 문주가 지나가길 기다렸다가 자취를 감춘 것처럼 도로는 어둠에 잠겨 있었다.

"죄송합니다. 너무 많이 걸었군요."

그가 말했다. 문주는 가볍게 웃고 길가 쪽으로 다가섰다. 곧 비어 있는 택시가 기다렸다는 듯이 문주 쪽으로 미끄러져 왔고, 그가 택시의 뒷문을 열어주었다.

그때였다. 그가 택시 안으로 들어가 자리를 잡는 문주에게 음반 이야기를 꺼낸 것은. 음반을 받으셨습니까, 라고 그가 조용히 발음하자 문주는 갑자기 당황하여 아무 말도 할 수가 없었다. 그 사이 성급한 택시 운전사가 속력을 내기 시작했다. 뒤돌아보니 어둠의 한가운데서 그가 오롯이 서 있는 게 오래도록 시야에서 사라지지 않았다.

10

"하늘앗!"

문주의 다급한 목소리에 하늘이 이쪽을 바라보았다. 멸치 조림을 할 때 넣으려고 사다두었던 꽈리고추를 막 입에 넣으려는 순간이었다. 바닥에는 먹다 남긴, 잇자국이 선연히 나 있는 햄과 물기가 빠져 빵가루나 만들려고 남겨두었던 식빵 조각이 함부로 나뒹굴고 있었다.

"이리 내놔."

문주는 서둘러 하늘에게 다가가 손을 내밀었다. 뭔가 잘못을 했다는 것은 아는지 애매한 웃음을 지으며 눈에 애원의 빛을 담고 하늘은 문주를 바라보고 있었다.

"이리 내놓으라니까."

그러나 하늘은 고추를 더욱 꽉 손에 움켜쥔 채 내놓을 기색이 아니었다. 문주는 짐짓 엄한 표정을 지어 보였다. 하늘이 움찔하며 냉장고 뒤쪽으로 주섬주섬 물러났다. 문주는 성큼 다가가 하늘의 손을 잡았다. 완강히 버티려는 몸짓으로 하늘은 작은 손에 잔뜩 힘을 주고 뒤로 버팅겼다.

"이건 먹으면 큰일나, 아주 매운 거야."

짐짓 사정을 하다시피 말해 보지만 하늘은 아랑곳하지 않았다. 오히려 소중한 것을 빼앗아가려는 사람을 보는 듯한 적의의 눈빛을 문주에게 내쏘고 있을 뿐이었다. 아무리 뭘 모른다지만 그 답답함에 문주는 울컥 화가 치밀어 고추를 쥐고 있는 하늘의 손을 맵게 때렸다. 그와 동시에 하늘의 탁한 울음이 터져나왔다.

바닥에 떨어져 있는 햄과 빵 조각을 주어 휴지통에 집어넣고 문주는 냉장고를 열어보았다. 봉투가 뜯어진 채 냉장고 곳곳에 푸른 고추가 걸려 있고, 그렇게 잔소리를 해도 사는 돈이 아깝다며 랩을 씌우지 않은 채로 엄마가 넣어둔 일련의 반찬들은 일제히 모로 쓰러져 있었다. 엄두가 나지 않아 문주는 냉장고 앞에 주저앉은 채로 한숨을 내쉬었다. 문주가 냉장고를 살피는 것을 곁눈질로 보던 하늘이 더욱 큰 소리로 울어댔다. 무얼 그 렇게 집어넣었는지 작은 배가 터질 것처럼 팽팽하게 부풀어 있 었다.

물을 마시러 나왔다가 한바탕 난리를 치른 느낌이었다. 이제 막 원고가 제대로 풀리고 있을 때였다. 서두르라는 진형의 전화 가 아니더라도 오늘처럼만 원고가 나간다면 찬바람이 불기 전 까지는 어느 정도 마무리가 되리라는 생각까지 들었다. 그러던 와중에 문득 이가 시리도록 찬물을 마시고 싶다는 생각이 들어 방 밖으로 나왔던 것이었다.

애초에 혼자서도 잘 놀고 있으려니 생각한 것부터가 잘못이 었다. 그러나 혼자서 두는 것이 마음에 걸리기는 했지만 이제 막 풀리기 시작하는 문맥을 끊을 수는 없었다. 지금 컴퓨터를 끈다면 또 여러 시간을 오락을 해가며 배회할 것이 끔찍하기도 했다. 물론 하늘이 조용할 때면 반드시 무언가 일을 꾸미고 있 다는 것을 모르고 있는 바도 아니었다. 그러다가 지치면 들어와 칭얼거리겠지, 하고 짐작했을 뿐이었다. 그렇다 하더라도 하늘 이 설마 냉장고를 뒤지고 있으리라고는 꿈도 꾸지 못한 일이었 다. 전에는 없던 일인 것이다. 물론 요즘 들어 하늘은 지나칠 만 큼 음식에 대한 탐욕이 심했다. 자신의 몫으로 된 식사나 간식 을 씹지도 않고 그대로 넘겨 버리는 것은 예사고, 으레 엄마나 문주의 상을 기웃거리며 한두 번씩, 때로는 통째로 자신의 무릎에 감추고 허겁지겁 먹어대기도 했다. 그러나 먹는 것만으로 무슨 탓을 하랴. 문제는 그 다음에 있었다. 밑 빠진 독에 물 붓듯 먹어대는 하늘은 어느 순간 몸엣것들을 내보내는 데 열중했으나 전혀 통제가 되지 않았다. 식탁 밑이거나, 안방의 장롱 앞, 어디라도 좋았다. 하늘은 눈에 띄는 곳이면 달려가 닥치는 대로 배설을 해댔다. 그러곤 태연히 옷을 올려입고 다시 놀이에 열중하는 것이었다. 처음 하늘에게서 역한 냄새가 난다고 느꼈을 때도 문주나 엄마는 설마 했을 뿐, 믿으려 하지 않았다. 그러나 집 안 곳곳에 숨겨져 참기 어려운 냄새를 풍기는 것들의 실체를 발견했을 때는 경악하고 말았다. 인형을 끌어안은 하늘을 끌다시피 안고 가 옷을 벗기고 보니 두 주먹만한 엉덩이에는 이미 붉은 독이 한껏 퍼져 있는 뒤였다.

문주는 흩어진 고추를 다시 봉투에 담고 엎어진 반찬과 그릇들을 꺼내어 개수대에 올려놓았다. 냉장고의 선반을 빼내어 물에 흔들어보았으나 어떤 것들은 말라서 이미 선반에 들러붙어 있었다. 세제를 묻히고, 선반을 닦고, 다시 마른 걸레로 물기를 닦아내는 일련의 일들을 문주가 천천히 해나가는 동안 자리에 주저앉아 목청을 높이던 하늘이 어느새 바닥에 엎드린 채 잠을 자고 있었다.

잠든 하늘을 안고 방으로 오는 동안 문주는 하늘의 몸 어딘가

퀴퀴한 냄새가 배어나와 떠다니고 있다는 생각을 버릴 수가 없었다. 눅진한 아픔이 하늘을 안은 손끝으로 전해 왔다.

문주는 마루에 나와 앉았다. 뜨겁던 더위가 언제 들끓었나 싶게 마당에는 선선한 바람이 가득 머물러 있었다. 커피를 마시며 문주는 진형을 떠올렸다. 낮에 전화했을 때 진형은 본격적인 추위가 몰려오기 전에 작업을 마무리하자고 문주에게 말했다. 겨울이 되면 신경 써야 할 다른 것들도 많고 무엇보다도 의뢰인이 그걸 원한다는 것이었다. 그러나 지금의 작업 상태로 보아서는 쉽지 않을 것 같았다. 하늘의 증상이 점점 심해질 경우에는 어쩌면 지금보다 훨씬 많은 시간을 아이 곁에서 보내야 할지도 모르는 일이었다. 문주는 모든 것이 착잡하기만 했다.

11

"어머, 애가 너무 귀여워요. 노란색이 잘 어울리는 것 같아요."

유아복 코너의 점원은 참을성 있게 기다리며 부모의 마음을 기분좋게 하는 방법을 알고 있었다. 문주가 벌써 세 번째의 옷을 하늘에게 갈아입힐 동안 차근차근 흐트러진 옷들을 개어놓으며 그녀는 간간이 적당한 칭찬을 해주는 것도 잊지 않았다.

그것이 전혀 마음에 없는 소리라는 것을 알면서도 문주는 병아리가 가슴에 크게 그려져 있는 노란 원피스를 입은 하늘을 풋풋한 마음으로 바라보았다. 그러나 정작 하늘은 귀찮기만 하다는 표정이었다. 원피스 자락을 치켜올리기도 하고 답답한지 목을 자꾸 뜯으려고만 했다. 결국은 맨 처음에 입어보았던 달마시안 그림이 깃을 둘러 그려져 있는 원피스를 사가지고 문주는 옷가게를 나왔다. 감추려고 애썼지만 옷이 담긴 봉투를 건네주며 돌아서는 점원의 얼굴로 고된 일과를 해결한 일말의 안도감이 한 조각 스쳐가는 것을 문주는 놓치지 않았다.

"하늘이 뭐 먹고 싶어. 아이스크림, 피자, 바나나."

되는대로 물어보지만 어느 단어에도 하늘은 이렇다 할 반응을 보이지 않았다. 그저 거리를 다니는 사람들이 신기한 듯 입을 벌린 채 고개만 연신 돌릴 뿐이었다. 하늘과 보조를 맞추기 위해 보폭을 좁게 하며 문주 역시 스쳐지나가는 가게의 간판을 부지런히 바라보았다. 문주는 무엇으로라도 하늘을 기쁘게 하고 싶었다. 하지만 언뜻 생각나는 것이 없었다.

최종 진단을 듣기 위해서 병원에 다녀오는 길이었다. 의사는 정밀 검사 결과, 하늘의 병세가 비교적 심각한 상태에 이르렀다고 진단을 내렸다. 그러곤 자폐아들을 교육하는 특수 교육기관에 보내는 것이 좋겠다는 말을 덧붙였다. 물론 엄마와 같이 생활하는 것이 가장 좋겠지만, 그렇게 하기 위해서는 생활의 전부라고 할 정도의 시간을 아이를 위해 보내야 한다고 말했다. 그러니 문주가 할 수 있는 정도를 가늠해 신중하게 결정을 내리라는 것이었다. 그러나 의사는 하늘이 결국은 특수 교육기관에 가게 될 것이라고 믿고 있는 것 같았다. 아이와 같이 호흡하고, 자폐아 클리닉에 다니며 같이 교육을 받고, 약간의 운동과 산책까지 모든 시간을 투자해 그 일을 감당한다는 것이 결코 쉽지 않을 것이라고 의사는 말했다.

그곳의 주소와 전화번호를 받아가지고 진찰실에서 나오는 문주에게 의사는 어떤 식으로든 빨리 결정을 하는 것이 아이를 위해 좋을 것이라고 말했다. 또한 남은 시간 동안 되도록 아이와 많은 시간을 가져 무엇으로라도 흥미를 유발할 수 있는 일을 찾아보라고 충고했다.

문주는 천천히 걸었다. 던킨도너츠, 배스킨라빈스, 도나피자 따위의 간판들이 원색으로 그려진 그림과 함께 어깨를 나란히 하거나, 혹은 수직으로 내려선 채 즐비하게 늘어서 있었다.

"와, 하늘아! 저 도넛 좀 봐. 동그랗게 구멍이 뚫렸어. 너무 예쁘지."

키를 맞추고 호들갑스럽게 말해 보지만 하늘은 아무 반응이 없었다. 자리에서 일어나 문주는 다시 걷기 시작했다. 그러다 문득 해서체로 곱게 써내려간 간판을 발견하고 그 자리에 섰다. 도화라는 글씨 바로 아래에 중국요리 전문점이라는 작은 글씨

가 또렷하게 박혀 있었다. 문주는 언젠가 병원의 식당에서 초록
빛이 선명한 완두알이 올라간 자장면 사진을 뚫어져라 바라보
던 하늘을 떠올렸다. 하늘의 손을 잡고 문주는 서둘러 그곳으로
들어갔다.

어떻게 이런 음식점이 남았을까 싶을 만큼 중국집은 규모가
작고, 또 너무 낡은 곳이었다. 그나마 깨끗하고 도시적인 깔끔
함이 풍기는 것은 사각의 흰 바탕에 도화라고 쓰여진 간판과,
금방이라도 뽀드득 소리가 날 것 같은 타일이 촘촘히 박힌 화장
실뿐이었다. 화장실만 아니라면 시간이 역류한 듯한 착각마저
느끼게 할 만큼 붉은 등으로 실내를 밝힌 중국집은 오래된 시간
들이 이끼처럼 머물러 있는 듯한 인상을 주었다. 키가 작고 얼
굴이 동그란, 주인인 듯한 여자한테 문주는 자장면 두 그릇을
시켰다. 반원을 그린 것 같은 눈썹과 입을 가진 주인 여자는 연
신 손을 조아리며 상냥하게 웃었다. 진짜 중국 여자일지도 모르
겠다고 문주는 생각했다.

의자에 앉은 하늘은 벽에 그려진, 퇴색하여 무늬조차 제대로
남아 있지 않은 문양들을 두리번거리며 바라보고 있었다. 주인
여자가 물이 가득 담겨 찰랑거리는 잔을 문주와 하늘의 앞에 하
나씩 내려놓을 때 문주는 문득 의사가 적어준 쪽지를 떠올렸다.

뜨르륵 뜨르륵 뜨르륵, 세 번의 신호음이 울리자 비교적 앳된
음성을 가진 여자의 목소리가 나왔다.

“네, 한울 학교입니다.”

갑자기 할 말이 생각나지 않아 머뭇거리자 여자가 더욱 부드러운 목소리로 말했다.

“여보세요. 한울 학교입니다. 말씀하세요.”

역시 아무런 반응이 없자 여자는 아무 말도 하지 않고 이쪽의 반응을 기다렸다. 짧은 순간 전화선 사이로 침묵이 흘렀다. 문주는 까닭없이 마음이 급해졌다. 그러다 그만 전화를 끊고 말았다.

자리로 돌아와보니 자장면은 아직도 나오지 않고 있었다. 문양을 보기에 지친 하늘이 울상이 되어 문주를 바라보고 있을 뿐이었다. 문주는 주방 쪽을 바라보았다. 주방에서는 아무런 움직임이 느껴지지 않았다. 다시 주인 여자를 바라보니 그녀는 누군가에게서 걸려온 전화를 받으며 쉴 새 없이 탄식을 내뱉고 있는 중이었다. 그녀는 중국말을 하고 있었다. 그 때문인지는 몰라도 동그랗게 말려 탄력마저 느껴지는 중국말과 부조화를 이루어 점점 일그러지는 그녀의 표정은 묘하게도 희극적인 느낌을 주었다. 여자의 통화가 끝나기를 문주는 기다렸다.

곧 통화는 끝이 났고 다행스럽게도 여자는 부르기도 전에 문주의 탁자로 손을 모은 채 걸어왔다. 여자는 그새 눈에 띌 정도로 상심한 표정을 하고 있었다.

“손님, 죄송합니다.”

쉴 새 없이 비벼대는 여자의 두 손에서 조바심이 배어나왔다.

"갑자기 문을 닫아야 할 일이 생겼어요. 어머님이 돌아가셨 다는 전화가 왔어요."

진심으로 미안한 표정을 지으며 여자가 말했다. 무슨 영문인 지를 모르는 하늘은 지나치게 작은 여자의 발을 유심히 바라보 고 있었다.

결국 문주는 중국집을 나와야 했다. 하늘을 업은 등 뒤로 여 자가 급하게 셔터를 내리는 소리가 들리자 그제야 심한 허기가 느껴졌다. 영문을 모르는 채 문주의 등에 업혔던 하늘은 막상 햇빛이 뚝뚝 묻어나는 밖으로 나와서야 머리를 제치며 울어대 기 시작했다.

집으로 돌아왔을 때에 이미 문주는 지칠 대로 지쳐 있는 상태 였다. 이것저것 쇼핑을 하며 모처럼 하늘을 위한 시간을 보내리 라 마음먹었던 것은 중국집을 나온 뒤로 모두 허사가 되고 말았 다. 자장면을 먹지 못하게 된 것을 눈치챈 하늘이 도로에 서서 막무가내로 울어댔기 때문이었다. 결국 하늘을 등에 업고 왔던 길로 다시 돌아가 간신히 발견한 치킨점의 의자에 서둘러 앉았 을 때 문주의 등은 끈적한 땀에 온통 젖어 있었다. 간신히 울음 을 그친 하늘은 탁자 위에 놓인 음식을 허겁지겁 먹어댔고, 곧 포만감에 싸여 눈을 비비기 시작했다.

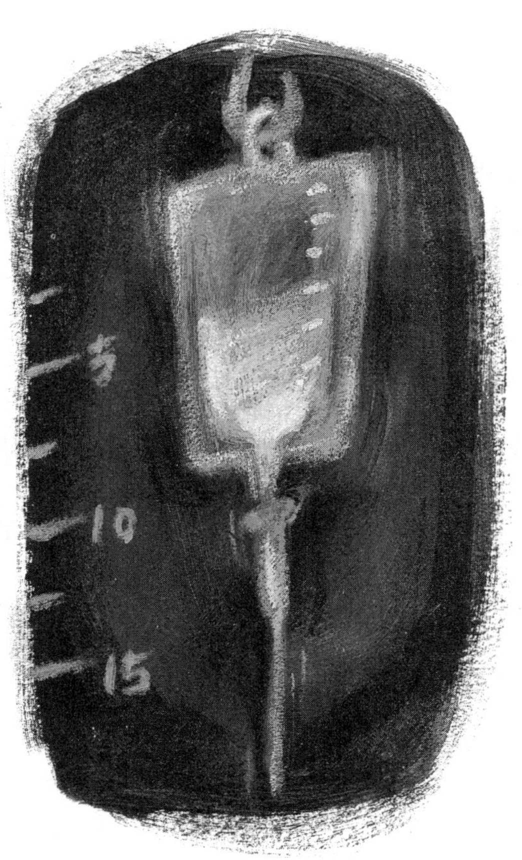

5
10
15

마루에 하늘을 내려놓은 뒤 문주는 곧장 방으로 들어가 누워 버렸다. 오히려 쏟아지는 졸음기를 이기지 못해 칭얼대던 하늘이 문주의 등에서 내리자 다시 인형을 만지작거리기 시작했다.

"하늘이, 예쁜 옷 샀네. 엄마가 사줬구나."

마루에 올라서는 엄마의 기척이 느껴졌다. 잠깐 일어날까 생각하다가 문주는 그대로 있기로 했다. 엄마와 마주 앉아 이야기를 하기가 내키지 않았던 것이다.

"자니?"

문을 열며 물었지만 엄마는 문주가 자고 있지 않다는 것을 알고 있었다.

"많이 피곤했구나."

엄마가 들어오기를 기다렸다가 문주는 일어나 앉았다.

"그래, 의사는 뭐라고 하디?"

"특수학교에 보내서 치료를 받도록 하래요."

"학교를? 저 어린것이 무슨 학교를 다녀."

"하늘이 같은 아이들만 모아서 교육을 하는 데가 있대요."

"언제서부터. 보내기로 결정은 한 거야?"

"……"

"허긴 네가 시간이 있어야지. 저것도 좀 맘이 누그러질 텐데. 차라리 보내는 것이 애한테 좋을지도 모르지. 그런데 조그만 것이 뭐 맘 상할 일이 있다고 그런 병에 걸려, 걸리길."

공연히 방 안을 손바닥으로 쓸어모으는 엄마의 목소리에서 물기가 느껴졌다. 문주는 엄마를 외면한 채 벽에 걸린 세훈의 사진을 흐릿하게 바라보았다.

12

"하늘아, 저리 좀 가 있어."

가라앉은 엄마의 목소리에서 절제가 느껴졌다. 부지런히 키보드를 치던 문주도 덩달아 긴장이 되었다. 아마도 하늘이 또 무언가를 어질러놓은 모양이었다.

모니터에 뜬 문장들을 눈으로 읽어가면서도 정작 문주의 마음은 마루 쪽에 쏠려 있었다. 병원에 다녀온 뒤로 며칠이나 늦어진 작업의 속도를 맞추기 위해 앉아 있기는 하지만 바쁘게 움직이는 엄마를 보아서는 밖에 나가 무어라도 해야 할 것만 같았다.

문주는 시계를 보았다. 이제 겨우 11시가 되어가고 있을 뿐이었다. 엄마의 애인이 오기로 약속한 7시가 되려면 아직은 너무 이른 시간인 것이다. 그러나 엄마는 그렇지 않았다. 새벽부터 일어나 쿵쿵거리는 폼이 아마도 대청소라도 하는 눈치였다. 그러니 아무 데나 앉아 물건을 끄집어내는 하늘이 심란하기는 했으리라. 그런 엄마의 마음을 모르는 것은 아니었지만 이미 일주일 이상을 소비한 문주로서는 이제 막 풀리기 시작한 문장을 끝낼 수도 없는 노릇이었다.

쓰던 부분을 겨우 마무리하고 마루로 나왔을 때 이미 엄마는 대청소를 끝내고 있는 중이었다. 마루의 한쪽을 차지하고 있던 낡은 의자나 다리미가 없어진 것은 물론이고 어느새 들여온 화분에는 물오른 행운목이 싱싱한 푸른빛을 띠고 있었다. 문주가 유심히 화분을 들여다보자 이마에 송송 맺힌 땀을 닦아내며 엄마가 겸연쩍은 듯 웃었다.

"초록색이 참 예쁘지. 꽃을 살까 하다가 차라리 화분이 낫겠다 싶어서 그걸로 했다. 키우기도 참 쉽다더라."

"잘 하셨어요. 마루가 조금 건조했었는데."

"그렇지. 네가 보기에도 이걸 놓으니까 환하지."

엄마는 어린아이처럼 얼굴에 홍조를 띠며 웃었다. 구석에 앉아 엄마가 내준 과자를 먹고 있다 달려온 하늘의 얼굴도 붉게 상기되어 있었다. 여기저기 반들거리는 집이 신기한 듯 미끄럼을 타기도 하고 우우 소리를 지르며 집 안의 색다른 기류에 흥분하고 있는 하늘은 여느 아이와 다를 바가 없어 보였다.

"너 미장원에라도 다녀오지 그러냐."

"제가 왜요. 나머지 일은 제가 할 테니까 엄마나 다녀오세요."

“새삼스럽게 미장원은, 맨날 보는 얼굴인데.”

“그래두 예쁘게 보이면 좋잖아요.”

“얘가 어미를 놀리네.”

정색을 하며 눈을 흘기지만 엄마는 싫지 않은 표정이었다.

며칠 전 한번 자리를 갖는 것이 좋지 않겠냐고 엄마가 조심스럽게 의논해 왔을 때 집에서 하자고 한 것은 문주였다. 낯선 곳에서 어색한 식사를 하기 위해 서로 불편함을 감추느니 이왕이면 집에서 엄마가 직접 준비한 저녁으로 하는 것이 어떻겠냐고 문주가 말하자 엄마는 흔쾌히 대답했었다. 내심 자신의 솜씨를 내보일 만한 좋은 기회가 왔다고 좋아하는 기색을 감추지 않으면서.

“청소는 대충 했으니까 국수라도 말아 먹은 뒤에 음식 준비나 하자.”

엄마의 말에 고개를 끄덕이며 문주는 부엌으로 들어갔다. 바로 그때였다. 전화가 울리기 시작한 것은.

드르륵 드르륵, 작지만 조심스러운 전화벨 소리가 문주의 방에서 새어나왔다. 그러나 막상 문주가 전화기가 놓인 탁자 앞에 앉자 문득 소리는 끊어지고 말았다.

그러던 것이 다시 문주가 나가기 위해 문 앞에 서자 다시 울리기 시작했다. 문주는 조금 망설였다. 어쩐지 선뜻 전화기 앞으로 나아가지지가 않았다. 그러나 드르륵 드르륵 울리는 전화벨 소리는 처음과 다른 것 같았다. 어쩌면 문주가 받을 때까지 그대로 울릴 것 같은 완강함이 작은 전화기에서 느껴졌다. 그때 엄마가 문을 열며 들어왔다.

"있는데 왜 전화를 안 받어. 난 없는 줄 알았네."

문주가 잠자코 소리에만 귀를 기울이고 있자 엄마가 의아한 눈으로 바라보았다.

"왜, 장난 전화야? 내 이놈을 욕이라도 해줘야지."

"아니에요. 제가 받을게요."

막 움직이려 하는 엄마를 제지하며 문주는 천천히 전화기 앞으로 다가갔다. 탁자 앞에 무릎을 굽히고 앉을 때까지도 벨은 끊어지지 않았다. 문주는 조심스럽게 전화기를 들었다. 스멀스멀 몸 속에 퍼지기 시작한 어떤 예감이 수화기를 드는 문주의 손끝을 떨리게 하는 것 같았다.

수화기를 귀에 대고 문주는 아무 말도 하지 않았다. 빗나간 예감에 대한 두려움 같은 것이 그녀를 그렇게 하도록 했다. 그러나 아무 말이 없기는 전화선 저쪽에 있는 누군가도 마찬가지였다. 혹 어떤 암시라도 들리지 않을까 하여 문주는 수화기를 더욱 깊이 귀에 갖다 댔다. 그러자 희미한 어떤 소리가 들리는 것 같기도 했다. 선율이 부드럽고 미세하게 떨리는 것으로 보아 바이올린 곡인 것 같기도 했다.

"여보세요."

긴장한 탓인지 잠긴 채 튀어나온 목소리가 자신조차도 낯설게 느껴졌다. 그러나 반응이 없었다. 재차 물어도 역시 아무 반응이 없어 수화기를 내려놓으려는데 무거운 침묵을 깨고 저편에서 소리가 들려왔다.

"저, 허규회입니다."

문주는 갑자기 가슴이 먹먹해져오는 것 같았다.

"괜찮으시면 저녁때 뵙고 싶어서 전화드렸습니다."

생각들이 머리 속에서 빠르게 소용돌이쳤다. 그와 반비례하여 피돌기 사이로 돌고 있는 혈액들이 흰빛으로 변해가듯 몸의 기운은 점점 빠지는 것 같았다.

그의 목소리를 듣는 순간 문주는, 이미 오래 전부터 그의 전화를 기다려왔음을 깨달았다. 그녀의 귀는 온통 전화벨 소리에 집중되어 있었던 것이다. 아무런 메모도 남겨져 있지 않았음에도 불구하고 외출에서 돌아온 뒤 전화기를 볼 때마다 공연히 가슴이 두근거리곤 했던 것을 문주는 기억해 냈다. 문주는 수화기를 더욱 깊게 귀에 묻었다. 그는 아무 말도 하지 않고 있었다. 그의 숨소리 사이로 희미하던 곡의 실체가 잡히는 것 같았다. 비발디의 사계 중 봄의 곡조였다. 아리아 풍의 평온한 선율이 바이올린에 의해서 펼쳐지고 있었다.

"저녁때 중요한 약속이 있어서⋯⋯."

가벼운 탄식을 내뱉은 그의 숨결이 느껴졌다. 수화기를 잡은 문주의 손이 *끈끈하게* 젖어들었다. 문주는 시계를 보았다. 두 시가 가까워지고 있었다. 외출했다가 시간에 맞춰 돌아오기에 는 너무 늦은 시간인 것이다. 더군다나 아직은 음식 준비조차도 전혀 하지 않은 상태였다. 어색한 인사를 나눈 뒤 전화를 끊으 며 문주는 새삼 일찍부터 서두르지 않은 것을 후회했다.

"누구야. 남자니?"

돌연 눈빛을 반짝이며 엄마가 다가왔다. 사랑을 하고 있는 여 자의 본능으로 무언가 수상한 교류를 눈치 채고 문주를 탐색하 는 엄마의 표정은 노련했다. 긴장이 풀린 문주의 몸을 난데없는 피곤함이 휘감기 시작했다.

13

"도대체 왜 싫다는 거야."

도무지 말귀를 알아듣지 못하는 아이처럼 엄마는 벌써 한 시 간째 문주의 곁에서 일어날 생각을 하지 않았다.

"더군다나 하늘이도 특수학관지 어디에 보내야 할지도 모른 다면서, 식구 다 떼내어버리고 무슨 청승으로 살려구."

급기야 엄마의 눈에 잠깐 투명한 빛이 머물다 사라졌다.

"우리 엄마 우네. 멀리 가는 것도 아닌데 왜 그래요. 매일 놀

126

러 가면 되지."

"퍽이나 그러겠다. 매정한 것아."

어제 저녁, 남자는 7시에 대문을 두드렸다. 시간을 맞추며 기다리고 있다가 들어선 것처럼 정확한 시간이었다. 더위에 그을려 피부 전체가 붉은 듯한 인상의 남자가 입고 온 것은 중요한 모임에나 입고 가야 어울릴 만한 감청색 양복이었다. 넥타이가 답답한지 이따금씩 목을 좌우로 비틀며 남자는 열대 과일이 가득 들어 있는 바구니를 들고 대문 앞에 서 있었다. 문주의 인사에 어색하게 대응한 남자는 여자 친구의 집을 찾은 사춘기 소년 같았다. 실수라도 할까 보는 사람이 불안하게 느껴질 만큼 어색한 표정으로 대문을 들어서는 것이었다.

저녁을 먹을 때도 남자는 긴장을 풀지 않았다. 곁에 앉은 엄마가 이리저리 권해주는 음식만 겨우 입에 댈 뿐 반나절을 땀을 흘리며 차려놓은 음식에도 별 반응을 보이지 않는 것 같았다. 남자의 깊이 들어간 볼 사이로 스물스물 땀방울이 배어나는 것을 문주는 훔쳐보았다.

말끔한 차림임에도 불구하고 남자에게서는 축적된 피곤함이 느껴졌다. 쉽게 떨어지지 않을, 오랜 세월 누적된 먼지 같은 것이 남자의 어깨를 누르고 있는 듯한 느낌이었다. 얼마 되지 않아 문주는 그가 입은 양복의 소매 끝이 잦은 다리미질로 인해 심하게 번들거리는 것을 눈치챘다. 닳은 소매 사이로 비죽이 드러난 와이셔츠의 끝은 청결하지 못한 세탁으로 누렇게 변색되어 있었다. 문주의 시선을 눈치 챈 엄마가 물을 가져오기 위해 일어난 문주의 뒤에 와 서서 변명하듯 말했다.

"글쎄, 남자 혼자 사니까 저렇게 궁상이 들었다. 와이셔츠 좀 하나 사입으라고 해도 쓸데없다고 말도 안 듣고 말이야."

묻지도 않은 말을 쉴 새 없이 늘어놓는 엄마는 영락없이 부모의 승낙을 기다리는 아이 같았다. 잠자코 물을 따르던 문주가 뒤돌아 서서, 그러니까 엄마가 잘 해드리세요, 라고 말하자 금세 환하게 웃으며 더욱 가까이 얼굴을 대고 말하는 것이었다.

"꼴은 저래도 사람은 진국이다. 뭐 겉만 번지르르하고 실속이 없으면 뭐 하나."

마루에 놓인 전화벨이 드르륵 드르륵 두 번 연속해서 문주의 방으로 건너왔다. 문주의 옆에서 과자를 먹던 하늘이 벨소리와 동시에 마루로 뛰어나갔다. 문주의 손을 잡은 채 치맛자락으로 눈가를 찍던 엄마가 잠시 숨을 죽였다. 곧 전화벨이 끊어졌고 대신 하늘의 소리가 전화벨보다도 크게 들려왔다. 그제야 동그랗게 눈을 키우던 엄마가 후닥닥 일어나며 말했다.

"그 사람이야, 오늘 집을 알아보겠다고 했거든."

방금 전과 달리 뛰어나가는 엄마는 몸이 가벼워 보였다. 무어라 떠들어대고 있던 하늘이 돌연 수화기를 빼앗긴 뒤 망연한 눈

빛으로 문주를 바라보았다. 손으로 들어오라는 시늉을 하자 금세 환한 표정이 되어 달려왔다.

엄마의 표정은 빠르게 변해갔다. 다시 치맛자락을 끌어다 눈에 대는가 싶더니 금세 두 손으로 수화기를 고쳐 잡으며 들뜬 목소리로 말하기 시작했다. 조심하고 있었지만 낮게 키득거리는 소리가 들려왔다. 엄마는 부쩍 아이가 되어가고 있는 중이었다. 쉽게 울고, 흥분하고, 또 쉽게 웃는. 하늘의 머리를 쓰다듬으며 문주는 문을 닫았다.

마음이 풀린 하늘이 다시 초콜릿이 묻혀진 비스킷을 먹으며 인형을 가지고 놀기 시작하자 문주는 컴퓨터를 켰다. 원고는 지리하게 진행되고 있었다. 새로울 것도, 특별할 것도 없이 그저 평범하게. 쓰는 문주 자신조차도 교정을 보고 싶지 않을 정도로.

마우스의 커서를 습관처럼 게임난에 갖다대며 문주는 머리 속으로 오늘중 마쳐야 할 작업을 가늠해 보았다. 그때 다시 방문이 열리고 어느새 외출 준비를 마친 엄마가 들어섰다. 자못 흥분에 가득 찬 얼굴이었다.

"문주야, 잠깐 나갔다 올게. 집을 봐두었단다. 파란 기와를 얹은 이층집이래. 마당에 나무도 있는."

그러고 난 뒤 무어라 대꾸할 틈도 주지 않고 엄마는 빠르게 방을 빠져나갔다. 의자에 앉은 채로 문주는 마당에서 들려오는 엄마의 노래 소리를 들으며 씁쓸하게 웃었다. 문주는 다시 모니터 쪽으로 바싹 다가앉았다. 그러다 문득 밀폐된 듯 잠겨 있는 지나친 고요에 방 안을 둘러보았다. 하늘은 아직 인형을 가지고 놀고 있었다. 산지가 오래되어 이제는 어느 하나 볼 만한 구석이 없어 흉물스럽기조차 한 인형을 재우기라도 하듯 포근히 감싸안고 있었다. 그러나 탐스럽던 금발머리가 빠져 숭숭 구멍이 뚫린 인형은 하늘의 품안에서 무표정하게 눈을 뜨고 있었다. 더러워진 얼굴이며 빠져나간 머리에 비해 짙게 그려넣은 눈썹은 섬뜩하도록 선명했다. 하늘은 몸까지 일정하게 흔들어대며 분명하지 않은 곡조를 흥얼거리고 있었다. 왈칵, 가슴이 젖어드는 느낌에 문주는 의자에서 내려앉았다. 흔들리는 하늘의 어깨를 조용히 안아보았다. 문득 흔들림이 없어지고 하늘이 문주를 바라보았다. 의아해하는 하늘의 얼굴을 문주는 천천히 쓰다듬어 주었다.

14

그를 보았다. 윤재의 결혼식장에서 우연히. 식장의 맨 끝, 대개는 신부나 신랑의 친구들이 삼삼오오 모여 이야기를 나누기도 하고 가끔 행복한 신랑, 신부의 모습을 부러움 어린 시선으로 바라보게 마련인 출입구의 바로 왼쪽이나 오른쪽, 그 중에서 그는 모자이크 문양이 깊게 박힌 출입문의 왼쪽에 서서 앞을 주시하고 있었다.

아니다. 우연이란 말은 전혀 맞지 않을지도 모른다. 식장에 오기 위해 택시를 탔을 때부터, 또는 식장으로 올라가는 엘리베이터를 타면서, 아니 사실은 그보다 훨씬 오래 전 윤재의 결혼 소식을 들었을 때부터 문주는 내심 그를 만날 수 있을지도 모른다고 남몰래 기대하고 있다는 것을 부인할 수는 없었다. 어쩌면 그래서 언젠가 엄마의 남자가 집에 오기로 한 날 걸려왔던 그의 전화도 별 주저함 없이 끊을 수 있었는지도 모를 일인 것이다.

택시에서 내려 식장이 있는 건물의 현관에 들어섰을 때 문주의 가슴은 불안정하게 뛰기 시작했다. 마치 기포가 점점이 박힌 뜨거운 그릇이 안에 들어 있는 것 같았다. 그 기포들이 문주의 가슴에서 하나씩 하나씩 터지는 기분이었다. 엘리베이터를 타기 위해 버튼을 누르는 순간 문주는 그 기포들의 정체를 알아차렸다. 자신도 모르는 새에 그를 의식하고 있다는 것을. 그가 식장에 나타날 것은 당연한 일일 것이다. 그는 윤재의 친구였다.

중간쯤에 자리를 잡고 문주는 윤재의 행복한 결혼식을 지켜보았다. 어디에 자리를 잡았는지 진형은 보이지 않았다. 식이 거행되는 내내 이곳 저곳을 살펴보았지만 어딘가 깊숙이 앉아 있는 모양이었다.

식이 끝나고 부부가 되기로 서약한 신랑 신부가 그들을 위해 모인 손님들에게 깊이 몸을 숙여 절을 했다. 박수가 일제히 터져나왔고 그와 동시에 부부가 된 두 사람은 다시 출입구 쪽으로 걸어갔다. 신랑 신부가 문주가 앉아 있는 자리를 스쳐지나 출입구에 도착할 때까지도 박수는 멈추지 않았다. 그리고 완전히 행진을 멈추었다고 생각될 때 잠시 움츠렸던 몸을 피며 문주는 자리에서 일어났다. 바로 그때 그가 문주의 시야로 꽂히듯 들어왔다.

그는 주간지로 보이는 잡지를 돌돌 말아 손에 쥐고 있다가 문주와 막상 눈이 마주쳐도 당황하지 않는 여유를 보였다. 마치 오래 전부터 문주를 보아왔던 것 같은 여유가 그의 부드러운 미소에 담겨 있었다. 문주는 갑자기 어찌할 바를 모르고 허둥대기 시작했다. 잠시 잠복해 있던 가슴 속의 기포들이 일제히 부풀어 올라 톡톡 터지는 소리가 문주의 귀에까지 들려오는 듯했다. 사람들이 어수선하게 일어나기 시작했고 언뜻언뜻 그의 모습이 시야에서 사라졌다가 다시 나타났다.

신랑 신부의 친구들이 모여 사진 촬영을 할 때 그는 문득 뒤돌아서서 식장을 나갔다. 신랑 측의 친구들은 대부분 문주와 많이 낯이 익은 출판국 직원들이었고 또 나머지는 고향에서 올라온 오래된 친구들이었다. 그가 서기에는 많이 낯설었을 것이었다. 어느 틈엔지 진형도 식장 앞에 서서 여전히 스스럼 없는 표정으로 윤재와 웃으며 이야기를 나누고 있었다. 그녀를 발견한 진형이 손을 잡아끌었기 때문에 문주도 결국 기념 촬영을 하게 되었다. 촬영 기사가 필름을 갈아끼우기 위해 아주 잠시 사람들이 표정을 멈추고 침묵하는 동안 문주는 부드러운 표정을 짓기 위해 입술의 양끝을 끌어올린 채 출입문 밖으로 점점 사라져가는 그를 지켜보았다. 마지막 기포가 명치에서 툭, 터지는 순간이었다.

우르르 사람들이 몰려나오자 문주는 엘리베이터를 타는 대신 계단을 택하기로 했다. 안면만 있을 뿐 별다른 이야기를 해본 적이 없는 출판국 직원들과 짧은 시간이나마 동일한 공간에서 무표정하게 있어야 한다는 것이 썩 내키지 않은 탓이었다. 2차를 가기로 했다면서 진형은 같이 가는 것이 어떻겠냐고 했지만 문주는 바쁜 일이 있다는 핑계를 대고 거절했다.

"왜 이렇게 늦었어요."

그가 너무나 태연스레 말하며 다가왔기 때문에 문주는 순간 그와의 약속이 미리 되어 있었던 것은 아닌가 착각마저 들 지경이었다. 현관 앞에 서서 서성거리던 그는 문주가 마악 회전문을 돌리며 현관 밖으로 나오자 빙긋 미소지으며 어느새 문주의 앞에 와 우뚝 서 있었다. 문주는 새삼 난감했다. 얼굴이 홧홧 달아오르는 느낌에 햇빛도 없는 거리에서 손 그늘을 만들며 문주는 느리게 건물을 빠져나가는 자동차들을 바라보았다.

막상 다가서기는 했지만 조용히 웃기만 할 뿐 그 역시 달리 할 말을 찾지 못한 채 문주의 시선이 닿는 곳을 바라보았다. 짧은 순간 어색한 침묵이 흘렀다. 마음의 추가 다시 불규칙적으로 움직이며 가슴을 두드리기 시작하자 문주는 바쁜 일이 있는 사람처럼 거리를 향해 걷기 시작했다.

아무 말 없이 뒤를 따르던 그가 말문을 연 것은 문주의 집으로 가는 버스가 정차하는 정류장을 눈앞에 두고서였다. 차비를 꺼내기 위해 문주가 가방을 열자 그가 문득 말했다.

"문주 씨, 보여주고 싶은 곳이 있습니다."

문주는 뒤돌아서서 그를 바라보았다. 여전히 부드럽게 미소 짓고 있었지만 그의 표정은 진지했다. 문주가 손에 쥐었던 동전을 다시 가방 안에 집어넣자 그 모습을 암묵적인 동의로 알았던지 그는 성큼 차도 앞까지 나아가 달려오는 차들을 바라보았다. 곧 승객을 태우지 않은 빈 택시가 달려왔고 그를 따라 문주도 끌리듯 택시에 올랐다.

택시는 곧 시를 벗어나 달리기 시작했고 얼마간의 시간을 달린 후 외관상으로는 별 특징이 없는 평범한 연립주택 앞에 둘을 내려놓고 돌아갔다. 다만 특별한 것이 있다면 마을 전체를 남한강과 북한강이 서로 교차해 감싸고 있다는 점이었다. 달리는 차 안에서 굳게 입을 다물고 있던 그는, 택시에서 내리자 화가 난

사람처럼 무뚝뚝한 얼굴을 하고 앞장서서 계단을 오르기 시작
했다. 그의 뒤를 따르던 문주가 숨을 고르기 위해 계단의 중간
에 서자 그보다 한 층쯤 올라가 난간 사이로 아래를 내려다보며
꼭 한 번 문주를 기다렸을 뿐이었다. 그런 그가 우뚝 걸음을 멈
춘 것은 연립주택의 마지막 층인 6층의 한 철제문 앞에서였다.
문 앞에 서 있는 그의 뒷모습을 보며 마지막 계단을 오르는 순
간 문주는 문득 자신이 우습다고 생각했다. 단 한 마디의 말에
이렇듯 먼 길을 따라오다니, 어처구니없는 일이었다. 더군다나
그는 문주에게 동행하는 곳에 대한 한 마디의 언질도 안 주지
않았은가. 그럼에도 말 잘 듣는 학생처럼 허위허위 따라오다니
생각할수록 부끄러워 갑자기 도로 계단을 내려가고 싶기까지
했다.

숨가쁘게 들려오던 문주의 발걸음이 멈춘 걸 눈치챈 그가 뒤
를 돌아보았다. 마지막 계단을 남겨둔 채 생각에 잠겨 있는 문
주의 표정을 일축하듯 조용히 말했다.

"다 왔어요. 힘들었죠."

문주는 끌리듯 현관 안으로 들어갔다.

파란색 스트라이프의 무늬로 된 시트가 덮여 있는 일인용 매
트리스가 하나, 두 개의 의자밖에 놓여 있지 않은 4인용 둥근 식
탁, 1단짜리 삼성 냉장고, 그 옆으로 봉투째 쓰러져 있는 각기
다른 종류의 원두커피가 세 봉지. 현관문을 들어서자 눈에 띈

그의 살림들이었다. 그리 여유 있는 공간은 아니었음에도 수가 많지 않은 집기 탓인지 집 안은 이사를 가기 위해 가구를 모두 옮긴 집처럼 허전하고 쓸쓸했다. 그가 커피를 갈아 끓이는 동안 머뭇머뭇 식탁에 가 앉은 문주는 거실을 둘러보았다. 정사각형 구조의 거실 양쪽으로 두 개의 카키색 문이 보였다. 현관 쪽으로 가까이 있는 것은 화장실이라 할지라도 안쪽에 있는 나머지 하나는 틀림없는 방일 것이다. 방이 있는데 왜 매트리스를 거실에 놓아둔 것일까. 문주는 새삼 호기심이 일었다.

커피를 문주 앞에 내려놓으며 그가 의자에 앉았다. 진한 모카 향이었다.

"너무 멀리 와서 궁금하셨죠."

커피를 마시며 그가 비로소 말문을 열었다. 그러곤 커피 잔을 들고 자리에서 일어나 곧장 안쪽에 있는 카키색 문 쪽으로 걸어 간 뒤 문 앞에서 멈추어섰다. 문주가 의아한 눈으로 바라보자 그는 고개를 끄덕이며 빙긋 웃었다. 문주는 일어나 문 쪽으로 다가갔다.

"기회가 된다면 이곳에서 문주 씨와 음악을 듣고 싶었습니다."

손잡이를 돌려 문을 안쪽으로 밀며 그가 말했다. 열린 틈으로 제일 먼저 문주가 본 것은 해변에서나 어울릴 만한, 등을 대고 누울 수 있는 검은색 비치 의자였다. 비치 의자 뒤로 투명한 통

유리창을 통해 청량한 하늘이 눈에 들어왔다.

문을 연 뒤 그는 문주를 바라보았다. 문주는 조심스럽게 문 안으로 들어섰다.

아, 하고 문주는 작은 탄성을 내뱉었다. 직사각형 모양의 방 한쪽은 통유리로 이루어져 있었다. 주변에 높은 건물이 없는 탓인지 눈부시도록 파란색의 하늘이 벽지처럼 방 안을 은은히 감싸고 있었다. 방의 안쪽에는 앉은 키 높이의 오디오와 대형 스피커가 양쪽 벽에 등을 대고 비치 의자를 향하고 있었다. 그가 빼곡히 유리창의 맞은편을 차지하고 있는 수많은 음반 중 하나를 골라 턴테이블에 올려놓고 비치 의자에 누워 음악을 들었을 것은 당연한 일이었다.

"앉으세요, 커피를 다시 빼 오겠어요."

비치 의자에서 양털로 된 등받이를 바닥에 내려놓으며 그가 말했다. 그는 갑작스러운 손님을 맞이한 주인처럼 허둥대고 있었다. 문주는 웃음이 나오려는 것을 참았다. 양털에 앉기에는 너무 더운 날씨인 것이다.

곧 그가 두 잔의 커피를 들고 다시 방으로 들어왔고, 문주와 그는 마치 커피를 마시기 위해 앉아 있는 사람들처럼 서둘러 각자의 잔을 입에 가져다 댔다.

서둘러 커피를 마시고 나자 곧 어색한 침묵이 둘 사이를 떠돌기 시작했다. 문주는 어느 곳에 시선을 두어야 할지 몰라 공연

히 그가 내준 양털을 손끝으로 만져보았다. 긴장한 탓인지 가슴
이 뛰는 소리가 문주의 귀에까지 들려오는 듯했다. 목 끝까지
밀려오는 긴장을 가라앉히기 위하여 문주는 그가 눈치채지 못
하도록 한껏 숨을 들이마신 다음 호흡 조절을 하는 것처럼 서서
히 내쉬었다.

어색하기는 그도 마찬가지인 것 같았다. 그는 이미 비어버린
잔을 만지작거리다 몇 번이고 다시 그것을 자신의 입에 가져다
댔다. 물론 커피가 마시고 싶어서 그런 것은 아니었다. 그러다
다시 한 번 숨을 들이마시기 위해 문주가 짐짓 디스크 쪽에 시
선을 주는 것을 보고 서둘러 말했다.

"무슨 음악을 좋아하세요. 틀어드리겠어요."

갑작스러운 그의 말에 문주는 조금 당황했다. 모처럼 말을 꺼
낸 그가 자신을 똑바로 바라보고 있었지만 언뜻 떠오르는 노래
조차 없었다. 갑자기 머리가 엉망으로 엉켜버린 느낌이었다.

문주가 잠자코 있자 그는 음반을 뒤적이기 시작했다. 아마도
그는 문주가 당황하고 있다는 것을 알아챈 것 같았다. 워낙 빼
곡히 들어찬 채로 음반의 사이드에 적혀 있어 잘 보이지 않은
글씨를 손가락으로 짚어가며 음반을 찾는 그의 표정엔 모처럼
자랑할 만한 것을 찾아낸 어린아이 같은 천진함이 묻어 있었다.

그는 곧 능숙하게 몇 개의 음반을 뽑아내어 문주 앞에 놓았
다. 콘트라베이스 연주곡집과 나나 무스쿠리, 그리고 두어 장의

국내 가요곡이었다. 그 중 콘트라베이스 곡집은 언젠가 그가 보내준 음반과 같이 일본에서 발행된 것이었다. 문주는 그때에야 문득 그에게 제대로 인사도 하지 못했다는 생각을 떠올렸다.

"저어, 저번에 그 음반, 감사했어요."

또 무엇인가를 찾던 그가 문주를 돌아보았다. 조금 전에 비해 비교적 편안해진 얼굴이었다.

"문주 씨가 제 마음을 편하게 해주신 거에 비하면 아무것도 아니죠. 사실 그날, 무척 감사했어요. 두서없는 말 들으시느라고 괴로우셨을 텐데. 사실, 누구에게 제 얘기 그렇게 해본 적이 처음이었어요. 많이 취했었거든요."

쑥스러워하는 표정을 지으며 그가 말했다. 어색함을 감추기 위해 문주는 다시 음반으로 화제를 돌렸다.

"예…… 그런데, 참 음반이 다른 것과는 많이 다른 것 같던데……."

"슈퍼 엘피라고 국내에선 발행되지 않는 것들이에요. 음반의 두께가 보통의 것보다 1.5배 정도 되죠. 그래서 그런지 음질이 깊고 은은해요. 마침 판매를 한다기에 문주 씨 생각이 나서 사두었어요. 특수한 것이라서 많이 만들지 않거든요."

단숨에 말을 하고 난 뒤 그는 문득 얼굴이 붉어져 아무 말도 하지 않았다. 문주 역시 할 말을 찾지 못하고 그가 골라놓은 음반들을 바라보았다. 잠시 어색한 침묵이 방 안을 떠다녔다.

"마음에 드시는 음악이 있을지 모르겠어요. 아참, 저번에 보니까 모차르트를 사시던데 그걸로 들려드릴까요."

다시 음반에 시선을 돌리며 그가 말하자 문주는 다급하게 말했다.

"아니, 이걸로 듣겠어요."

엉겁결에 앞에 있는 것을 들고 보니 콘트라베이스 연주곡이었다. 음반을 꺼내 오디오 앞에 세워둔 스탠드에 불을 비추어가며 그는 정성스럽게 솔로 먼지를 닦아낸 다음 천천히 턴테이블에 올려놓았다. 그 모습이 어찌나 신중해 보이는지 바라보는 문주조차도 숨을 죽일 정도였다.

곧, 낮고 육중한 선율의 곡이 스피커 속에서 흘러나왔다. 가슴을 텅 비우게 하는, 그래서 마치 한 가닥의 선율이 가슴까지 들어와 어떤 울림마저 느끼게 하는 깊은 곡이었다. 그는 쉬익쉬익 소리를 내며 돌아가는 음반을 물끄러미 바라보고 있었다. 낯선 그의 어깨를 문주는 오랫동안 바라보았다.

현관을 나선 것은 어느새 하늘이 노랗게 물들어버린 뒤였다. 좁은 계단을 내려와 거리로 나오자 초가을의 선선한 기운이 얼굴에 와 닿았다. 도착할 때와 달리 문주는 그와 어깨를 맞추며 이제 막 기울기 시작한 저녁해에 언뜻언뜻 뒤채며 비늘 같은 빛을 발하는 북한강가를 걸었다. 딱히 기쁘다고도, 또는 답답하다고도 말할 수 없는 수선스러운 상념들이 머리 속에 떠올랐다가

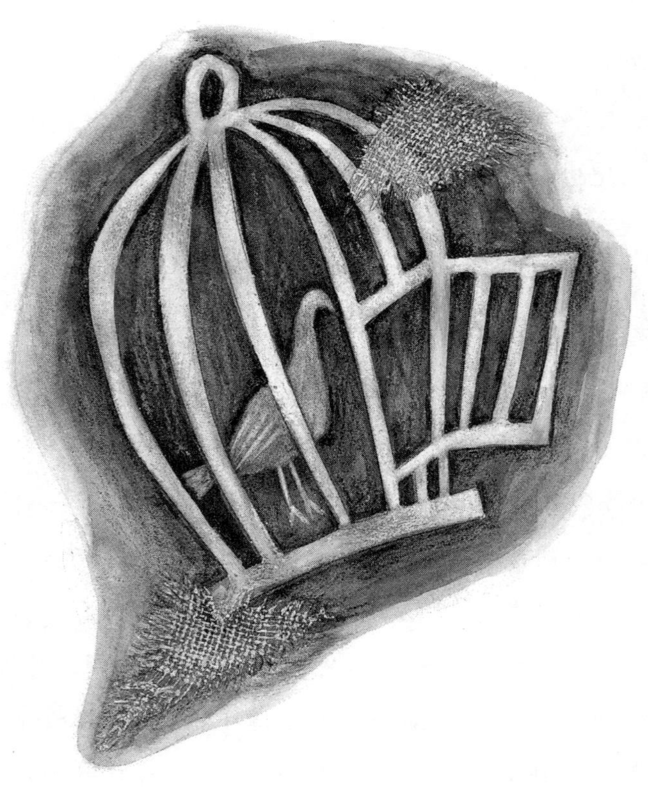

이내 사라져갔다.

　"문주 씨에게 어쩐지 제 작업실을 보여드리고 싶었는데 제가 너무 무례했던 것 같아요. 용서하세요."
　택시가 문주의 집 앞으로 이어지는 골목에 이르자 그가 한 말이었다.
　"아니에요. 좋은 음악도 많이 듣고, 오히려 제가 감사했어요."
　서둘러 문주가 대답하자 그가 다시 말했다.
　"언제 또 만날 수 있을까요."
　갑작스러운 말에 문주는 조금 당황한 탓인지 아무 말도 할 수가 없었다. 어쩔 줄 모르는 문주의 표정을 본 그가 다시 정중하게 말했다.
　"전화, 드리겠습니다."
　고개를 숙이며 인사를 한 뒤 문주는 차에서 내렸다. 차는 곧바로 온 길을 되돌아갔다. 큰 도로로 이어지는 길의 끝에서 언뜻, 그때까지 뒤를 돌아다보고 있던 그의 흰 얼굴이 보였다.
　대문을 밀며 문주는 식사를 하자는 그의 제안을 거절한 것은 잘한 일이라고 생각했다. 집으로 들어서자마자 해야 할 일들이 떠올랐던 것이다. 하루종일 하늘과 지내느라 엄마는 지쳐 있을 것이고, 더군다나 써야 할 원고는 너무 많았다.

"이제 왔니?"

막 컴퓨터 앞에 앉으려 할 때 기척을 느낀 엄마가 방으로 들어왔다. 잠이라도 잤던지, 엄마의 목소리에서 눅진한 피곤이 잔뜩 묻어났다.

"네, 주무시는 것 같아서요. 하늘이 보느라 많이 힘드셨나봐요."

"힘들긴, 그 집 갔다 오는 김에 새로 들일 물건 좀 구경하느라고 지쳐서 그렇지."

남자가 다녀간 다음날 전화를 받고 외출을 했다 돌아온 뒤부터 엄마는 부쩍 바빠지고 있었다. 그가 결혼을 한 뒤에 살 집을 계약해 놓았기 때문이었다. 그 후부터 잘 다듬어진 관상수가 대문을 둘러싸고 있고, 이층으로 올라가는 계단에는 베고니아 화분이 층층이 놓여 있다는 그 파란 기와의 이층집을 엄마는 기회가 있을 때마다 들르는 것을 낙으로 삼고 있는 중이었다. 오늘도 문주가 결혼식에 다녀오겠다고 하자 갑작스레 외출 준비를 하더니 부랴부랴 그 집으로 향했던 것이다.

"하늘이는요."

"피곤한지 오자마자 쓰러져 잔다. 내버려둬라. 오늘은 내가 데리고 잘 테니까."

아무래도 피곤했던 모양으로 엄마가 더 이상 아무 말도 하지 않은 채 방을 나가버렸기 때문에 문주는 다시 의자에 앉아 컴퓨터를 켰다. 습관처럼 게임난으로 들어가 아무 버튼이나 눌렀다. 테트리스였다. 빠른 속도로 길거나 짧은, 경첩 모양의 블록들이 화면의 위에서부터 뚝뚝 떨어져 내려왔다. 게임을 가장 높은 단계에 올려놓은 탓인지, 잠시 딴생각을 하다 놀란 문주가 재빠르게 키보드를 눌러보아도 어느새 일렬로 줄을 맞춘 블록들이 금세 화면의 끝까지 차올라 더 이상 어찌해볼 수가 없었다. 다시 시작 버튼을 누르지만 뇌세포가 마치 실타래처럼 엉킨 머리 속은 블록들이 움직여야 할 자리, 들어가야 할 위치를 판단하지 못하고 번번이 끝을 맺고 말았다.

결국 자리에서 일어나 문주는 주방으로 들어갔다. 냉장고 어딘가에 며칠 전 엄마가 사다놓은 맥주가 있을 것이었다.

오랫동안 냉장고에 방치되었던 맥주는 손이 시릴 정도로 차가웠다. 한 모금 넘길 때마다 바늘로 찌르는 것처럼 따끔따끔 목을 자극했다.

마루에 걸터앉아 문주는 오랫동안 맥주를 마셨다. 3백 50밀리리터 맥주 두 병은 술에 약한 문주가 마시기에는 지나치게 많은 양이었다. 약한 위장은 서서히 끓어올랐으며 몸의 각 혈관으로 취기를 퍼뜨려나갔다. 문득 규회의 얼굴이 떠올랐다. 그의 돌연한 다가옴이 문주는 낯설고 두려웠다. 결국 어떤 식으로 마무리가 될 것인가 눈에 보이듯 선했다. 그와 만나기에는 상반된 조건들이 너무나 많기 때문이었다. 누가 보더라도 문주와 그의 만

남은 텔레비전 드라마에서나 볼 수 있을 만큼 통속적이고 어처구니없는 일이었다. 그는 아직 세상에는 크게 나서지 않았지만 감춰진 재능이 있는 사람이었고 더군다나 결혼의 경험조차 없었다. 그에 반해 문주 자신은 어떤가. 이미 결혼을 한 뒤였고 더군다나 자신에게는 전혀 평범하지 않은 부양 가족이 둘이나 있었다. 물론 엄마는 결혼을 할지도 몰랐다. 그러나 하늘이…… 하늘이를 생각할 때마다 문주는 날카로운 바늘이 자신의 온몸을 돌아다니며 찌르는 것 같았다. 그러나 그럼에도 불구하고 문주는 규회의 목소리를 잊지 못했다. 웃을 때마다 드러나던 하얀 치아와 무슨 생각인가를 할 때마다 왼쪽으로 살짝 기울어지던 고개까지 고스란히 가슴에 와 박히는 것 같았다.

문주는 방으로 들어가 턴테이블 위에 바브라의 음반을 올려놓았다. 일정한 간격으로 음반이 돌기 시작했고 곧 노래가 흘러나왔다. 좁은 방 안 가득 바브라의 투명한 목소리가 울려퍼졌다. 문주는 눈을 감은 채 두 무릎에 얼굴을 파묻었다. 원인을 알 수 없는 서늘한 한기, 가슴 한 부분이 텅 비어버린 것만 같은 먹먹함이 온몸을 조이는 것 같았다. 뭉클, 하고 뜨거운 무엇인가가 무릎을 받치고 있는 양팔을 부드럽게 적시기 시작했다.

외출 준비를 한 채로 엄마는 하늘의 머리를 빗기고 있었다. 간밤 늦게까지 잠들지 못한 탓인지 시야가 뿌옇게 흐려졌다. 양 끝으로 흔들리는 머리를 꾹꾹 누르며 문주는 안방으로 들어 갔다.

"어디 나가시게요."

"오늘 장판이랑 도배지랑 구경하기로 했는데, 아무래도 나가 야 될 것 같아서."

"하늘이는 제가 볼게요. 어디 좀 데리고 가려고요. 엄마 혼자 다녀오세요."

"어디 가려고."

"학교에 한번 가보려구요."

"그래라, 그럼."

마루에 걸터앉아 엄마는 구두를 신었다. 번쩍거리지 않는 것 으로 보아 가죽 제품이었다. 외출의 구별이 없이 사계절 내내 그저 신기 편한 슬리퍼를 신고 다니던 얼마 전과는 많이 다른 모습이었다. 그러고 보니 외출하는 차림새 또한 몰라볼 만큼 많 이 변해 있었다. 언제부터인가 엄마는 빛이 제대로 나지 않는 낡은 셔츠나 바지를 버리고 볼일이 있을 때는 언제나 정장 차림 을 하고 있었다. 엄마는 문주가 알고 있는 그 어느 때보다도 여자로서의 본능에 충실하고 있는 중이었다. 질 좋은 구두와 유행에 뒤떨어지지 않는 옷차림, 그리고 집 안을 꾸미기 위한 적당한 쇼핑까지. 그러나 그런 엄마의 모습을 보면서 문주는 가슴 한켠이 씁쓸해지는 것을 어찌할 수가 없었다. 누구보다도 엄마의 행복을 바란 문주였지만 이즈음 지나치게 들뜬 엄마는 분별력 없는 사춘기 소녀처럼 위태롭게 보였다. 더군다나 엄마가 지니고 있는 장신구나 의복들은 엄마의 신분 상승에 전혀 도움을 주지 못하는 것 같았기 때문에 더욱 그랬다. 한 남자의 아내가 되기 위해 생전 처음 사보는 영양 크림으로 밤마다 거울 앞에 앉아 마사지를 했지만 평생에 걸쳐 생성된, 나이에 비해 턱없이 도드라진 주름이나 눈가의 기미는 전혀 없어지지 않았다. 유분이 다량 함유되었다는 영양 크림은 다음날 아침이면 거짓말처럼 사라져, 엄마는 거울 앞에서 깊게 한숨을 쉬며 전과 다름없이 윤기 없고, 푸석푸석한 얼굴로 일어났다. 그러나 엄마는 포기하지 않고 말했다. 너무 오랫동안 가꾸지 않아서 그런 게야. 몇 통만 쓰면 좋아질 수 있겠지.

아직 길이 들지 않은 탓인지 가죽 구두를 신은 엄마의 걸음걸이는 매우 위태롭게 느껴졌다. 그럼에도 불구하고 차라리 편한 신발을 신으라는 문주의 권유를 마다한 채 엄마는 과장되리만큼 당당하게 대문을 나섰다. 그러나 하늘의 머리를 다 빗긴 뒤 문주가 대문 밖으로 나가보았을 때는 아직도 골목을 벗어나지 못한 채 눈에 띄게 절뚝이며 걷고 있었다. 흡사 엷게 깔린 얼음 위를 걷는 사람처럼 위태롭게.

모처럼의 외출에 하늘의 표정이 무척 밝았다. 문주의 손을 잡고 경중경중 뛰기도 하고 가끔 흐흐 소리를 내며 웃기도 하는 것이 기분이 좋은 모양이었다.

조금 멀기는 했지만 특수학교의 시설은 문주가 기대했던 것보다도 훨씬 더 좋아 보였다. 방 하나 크기만하게 설치된 볼풀장이나, 인형의 나라에 온 듯 아기자기하게 꾸며진 살림살이 안에 들어가 노는 아이들의 모습들은 걱정스러운 문주의 마음을 편안하게 해주었다. 무엇보다도 마음에 들었던 것은 부모가 마음이 놓일 때까지는 여느 학교와 다름없이 집에서 다닐 수도 있다는 점이었다.

"하늘이 몇 살이지?"

하늘 앞에 무릎을 꿇고 눈매가 서글서글한 담당 교사는 벌써 하늘과 눈인사를 하고 있었다. 잡힌 손을 빼지 않는 것으로 보아 하늘도 과히 싫지는 않은 모양이었다.

"오, 하늘이 너무 얌전하구나. 너무 예뻐서 선생님이 맛있는 것 줘야겠다."

잠깐 문주를 바라본 하늘은 얌전히 담당 교사를 따라갔다가 너구리 그림이 그려진 원으로 된 커다란 사탕을 받아 쥐고는 금세 입이 벌어졌다.

"제가 보기엔 금방 적응할 수 있을 것 같은데요."

교실 한쪽에 놓여진 인형을 발견한 하늘이 자리에 앉자 비로소 담당 교사가 말했다.

"다른 아이들하고 어울려보질 않아서 어떨지 모르겠어요. 아직 변도 제대로 못 가리고 사실 안으로만 파고드는 성격이라서……."

"크게 걱정 안 하셔도 될 거예요. 여기 아이들도 대부분 증세가 비슷하니까요. 그리고 열 명 정도만 있게 되니까 가까운 곳으로 나들이도 많이 가곤 해요. 숲이나 들로 나가면 아무리 내성적인 아이라도 금세 마음을 열기도 해요. 말은 못해도 제 손을 끌어당기기도 하고 또 평소엔 어울리지 않은 친구들과 서로 같이 뛰며 웃기도 하죠. 하지만 너무 오랫동안 통학은 시키지 않는 게 좋으실 거예요. 환경이 너무 다르면 아이가 당황할 수도 있으니까요."

돌아오는 길에도 하늘은 시종 너구리 사탕을 입에서 떼지 않았다. 그런 하늘을 바라보며 문주는 다소 안심이 되었다. 담당 교사는 친절하고 무엇보다도 사명감이 있어 보였고, 낯선 사람이라면 일단 두려워하는 하늘이 그 정도의 반응만 보였다는 것도 문주는 감사했다. 어쩌면 금세 여느 아이와 같이 될 수도 있을 것 같았다. 그럴 수만 있다면 문주는 뭐라도 할 수 있을 것

같았다. 하늘만 제대로 자라준다면……. 하늘을 잡은 손에 문주는 힘을 주었다. 사탕에서 입을 떼지 않은 채 하늘이 얼굴을 찡그리며 문주를 바라보았다. 문주는 그런 하늘을 향해 힘껏 웃었다.

"문주 씨."

막 골목에 들어서려는 순간 누군가 문주를 불렀다. 언뜻 떠오르는 예감에 문주는 천천히 뒤를 돌아보았다. 어느 틈에 왔는지 어깨에 검은 가죽 가방을 멘 그가 웃으며 문주를 바라보고 있었다.

"같이 차 마시고 싶어서 왔어요. 있을 줄 알고 왔는데 볼일이 많았나봐요."

"그럼."

"두 시간 기다렸어요. 어때요. 성의를 봐서라도 차 한잔 사줄 수 있겠죠."

그는 짐짓 어깨를 두드리는 시늉을 하며 웃었다. 뭐라고 대답을 해야 할지 몰라 망설이는데 다시 한 번 문주를 부르는 소리가 들렸다. 엄마였다. 막 골목을 빠져나오다 문주를 발견한 엄마는 문주에게 다가오다 그를 보곤 그 자리에 멈췄다. 하늘은 잠든 채 엄마의 등에 업혀 있었다. 그가 당황하여 뒤로 물러섰고 뜻하지 않게 엄마까지 만난 문주는 점점 난감한 생각이 들었다. 엄마가 어떤 생각을 할 것인지는 너무나 분명했던 것이다.

아니나다를까 잠시 멈칫했던 엄마는 환한 표정을 지으며 다가왔다.

"문주 언제 왔니. 손님이 오셨으면 들어오시라고 하지 않구 밖에서 뭐 하는 거야."

"아니에요."

"아니긴, 안녕하세요. 전 문주 에미 되는 사람이에요."

"안녕하세요. 허규회라고 합니다."

"아, 아까 나 막 들어올 때 전화했던 분이시구만. 아니 그런데 어떻게 두 사람이 같이 들어왔어. 밖에서 만났니?"

공범을 모의하는 사람처럼 엄마는 돌연 은밀한 표정이 되어 문주를 바라보고 웃었다.

"아뇨, 잠깐 요 앞에서 차 한잔 하려구 하는데, 엄마 어디 나가세요."

"아냐, 너도 안 오기에 심심해서 앙콤이 아줌마네나 가보려던 참이었는데 우리 하늘이 왔으니까 하늘이랑 놀아야겠네. 자, 하늘아 가자."

문주에게 찡긋 웃음을 보이고 엄마는 어리둥절해하는 하늘의 손을 잡은 채 재빨리 문 안으로 들어가버렸다.

"어머니가 참 좋으신데요. 아이도 예쁘구요."

막상 찻집에 마주 앉게 되자 겸연쩍은 듯 실내만 두리번대던 그가 말했다. 어색한 침묵을 깨기 위한 것 같았다. 문주는 아무 말 없이 앞에 놓인 차를 마셨다.

"저 안 보고 싶었어요?"

이제까지와 마찬가지로 마치 지나가는 소리인 듯, 전혀 듣지 않아도 상관이 없는 것처럼 심상한 말투로 그가 물었다. 문주는 깜짝 놀라 그를 바라보았다. 그는 돌연 진지한 얼굴이 되어 문주를 똑바로 응시하고 있었다. 갑자기 어느 곳에다 시선을 두어야 할지 몰라 문주는 공연히 허둥대었다.

"문주 씨."

다시 한 번 그가 부르자 문주는 귀밑까지 긴장이 되는 느낌에 자신이 찻잔의 귀를 눈에 띌 정도로 계속해서 만지고 있다는 사실도 눈치채지 못하고 앉아 있었다.

"하고 싶은 말이 있어서 왔어요."

"……."

"광주 쪽에 좋은 음반이 있다는 얘기가 있어서 내일 구하러 가야 해요. 같이 가시지 않겠어요?"

난데없는 제안에 문주는 당황했다. 이런 제안을 받을 만큼 그와 문주는 가까운 사이가 아니었다. 윤재의 결혼식 날 이끌리듯 그의 작업실에 가서 음악을 들은 것 말고는 따로 만나서 이야기를 나눈 적도 없었다. 그날 그 작업실에서도 어떤 특별한 말이 오간 것도 아니었다. 그는 부지런히 음악을 틀기만 했었고, 문주는 낯선 곳에 대한 불편함과 그에게서 느껴지는, 스스로도 이해하지 못할 편안함에 모순을 느끼고 마음을 졸였을 뿐이었다. 그런데 이렇게 불쑥 나타나 그 먼 곳까지 다녀오자고 그가 이야기하고 있었다. 아이 때문에…… 라고 말을 꺼내려다가 문주는 그만두었다. 자신이 우습다는 생각이 들었던 것이다. 아이 때문이라니. 도대체 그런 대답이 어디 있을까. 그것은 그의 질문에는 전혀 어울리지 않는 대답이었다. 그는 문주에게 자신과 동행해줄 수 있느냐고 물었다. 그 말은 곧 문주의 내면 깊숙이 감추어져 있는 본심, 내지는 진심에 가까운 답을 요구하는 질문이다. 요는 그의 마음을 받아들이겠느냐, 아니면 거절하겠느냐의 문제인 것이다. 단순히 직업적인 일을 아무런 상관도 없는 사람과 같이 보기 위해 두 시간이나 집 앞에서 기다릴 바보는 없을 것이기 때문이다. 아이 때문이라고, 핑계를 대려 하면서도 문주는 어느새 광주라면 하루에 다녀오기에 빠듯할 것 같다는 계산을 나름대로 해보고 있는 자신을 느꼈다. 우스운 일이었다. 입으로는 곤란할 것 같다는 말을 하려 하고 있으면서도 마음 속으로는 하루 꼬박 하늘을 맡아 고생을 하게 될 엄마에게 미안한 마음이 드는 것은 자신도 어찌할 수 없는 이율배반적인 생각이었다.

　결국 문주는 아무 대답도 하지 못했다. 그것을 그는 수락의 표현으로 알았다. 문주가 아무 말도 하지 않고 앉아 있자 곧 옆에 내려놓은 가방을 메며, 그는 다음날 만나자는 말과 함께 자리에서 일어났다.

커피숍에서 나와 그가 택시를 기다리는 동안 거절해야 한다는 생각이, 그래야 모든 것이 편하다는 생각이 줄곧 문주를 따라다녔지만, 결국 문주는 아무 말도 하지 못하고 말았다. 그는 고맙다, 고 말하며 택시에 올랐고 그런 그를 향해 문주는 살짝 웃었던 것도 같다. 정말로 어처구니없는 일이라고 되뇌며 문주는 언덕길을 올랐다.

"갔냐?"

대문을 들어서기가 무섭게 마루에 앉아 문주를 기다리던 엄마가 뛰어나오며 말했다. 줄곧 입이 벌어져 있는 엄마는 이미 모든 것을 파악했다는 듯한 미소를 지으며 흥분으로 얼굴까지 상기되어 있었다. 문주가 아무 말도 하지 않고 마루로 오르려 하자 엄마는 손목을 끌어당기며 마루에 앉을 것을 종용했다.

"말 좀 해봐. 누구야."

"그냥 아는 사람이에요."

"너, 내 눈은 못 속인다. 그냥 아는 사람이 몇 시간씩이나 집 앞에서 기다려, 기다리길."

"할 말이 있어서 왔대요."

"무슨 할 말, 그 사람 너를 꽤 좋아하는 것 같더라. 내가 표정만 보면 알지. 아이구, 어쨌거나 잘 됐다. 내가 너 두고 혼자 호사할 생각에 께름칙했는데 이젠 안심이다."

“엄마 그런 게 아니에요.”

“아니긴 뭐가 아냐, 네 표정도 싫지는 않은 것 같은데. 하여튼 얼마나 잘 됐냐. 이제 곧 새 집으로 이사도 가고, 너 그 집에서 잔치하면 되겠다. 내가 늘그막에 무슨 복인지 모르겠다.”

“엄마.”

“엄마 엄마, 해봐야 소용없다. 이번엔 너 그냥 두지 않을 테니까. 너만 잘 되면 해결이다, 해결. 집도 제법 잘 쳐서 팔렸구, 아참, 문주야. 오늘 집 계약했다.”

“집이 팔리다니요.”

“응, 그 새로 이사가기로 했다는 집 말야. 그 집이 기가 막히다고 내가 몇 번 말했잖아, 네가 그 집을 보았어야 하는 건데. 그 집 보니까 다른 집 아무리 좋다고 해도 눈에 하나 안 들어오더라.”

“그런데요.”

“근데 이 쥔 여자가 집값을 하나도 안 깎아주겠다지 뭐냐. 자재를 워낙 잘 써서 그런지 그 근방 집보다 그게 두 배는 비싸거든. 그 양반 눈치 보니까 가진 돈이 조금 모자란 것도 같고, 또 나도 좀 보태야지 어떻게 새색시마냥 몸만 홀랑 들어가냐, 또 너랑 하늘이도 있는데…….”

“전 들어가지 않겠다고 했잖아요.”

“들어가지 않긴, 이것아. 내가 나 좋다고 널 두고 혼자 가서 사냐. 그런 소린 하지도 마라. 다 결정난 일이니까. 그래서 내가 좀 보태겠다고 했다. 그 양반도 처음에 펄펄 뛰더만 내가 설득했다. 이왕 합치는 거 다 합치자구. 사실 이 집 몇 푼이나 되냐. 골목도 컴컴허구, 또 맨 끝 집이라고 누가 쳐다보지도 않는 거 복비 더 쥐가며 간신히 계약했으니까 너도 그리 알어, 내달에 들어가기로 했어, 그냥 식도 할 거 없이 간단히 식사나 하고 호적만 올리기로 했어. 누구 오라는 것도 남세스러워서 말야.”

막혔던 자루 안의 쌀을 쏟아붓듯 단숨에 몰아 말을 해버린 엄마는 비로소 마루에서 일어났다. 양팔을 벌리고 기지개를 펴는 엄마는 감추었던 말을 모두 다 뱉어버린 사람처럼 시원하다는 표정이 역력했다. 문주로서는 집을 팔기로 했다는 말이 금시초문이었다. 그 말을 할 기회를 엄마는 찾고 있었던 모양이었다. 집을 파는 것에 대해 문주가 어떻게 받아들일지 몰라 고심했던 것이 지나치게 환한 엄마의 표정에서 느껴져 문주는 잠시 가슴이 아팠다. 집은 엄마의 유일한 소유였다. 한참을 올라와야 하는 언덕 위에 있고, 더군다나 긴 골목의 끝 집이라서 때론 맑은 볕이 그리울 때도 있지만 이 집은 엄마가 남의 집 일을 끝도 없이 하며 마련한 집이었다. 문주는 절대 의견을 드러낼 수도, 더군다나 내세울 수도 없는 집인 것이다. 집을 파느냐 마느냐 하는 것은 절대적으로 엄마의 권한이었다. 그런데 문주가 들어옴으로써 어느새 그 소중한 권한을 침해하고 있었던 모양이었다.

또한 당신을 받쳐주는 유일한 지주였던 집을 과감히 처리할 만큼 엄마가 누군가 사랑하고 있다는 것에 대해 문주는 또 놀라기도 하였다. 처음 엄마가 누군가를 만나기 시작했을 때 문주는 그 만남이 오래 가지 않을 거라고 생각했었다. 문주가 생각하기에 엄마는 사랑을 시작하기에 그리 적절한 나이는 아니었고, 그 생각은 엄마가 결혼을 한다는 말을 꺼냈을 때도 마찬가지였다. 문주는 엄마가 좋은 남자 친구를 만났다고 생각했고 차지도 뜨겁지도 않은 깊은 우정으로 두 사람이 남은 시간을 편안하게 보내기를 바랐던 것이다. 그러나 엄마는 그 남자를 위해 집을 팔려 하고 있었다. 아무런 미련도 없이 오히려 홀가분하다는 표정을 지으며.

집에 대한 엄마의 애착을 누구보다도 잘 알고 있는 문주로서는 어리둥절한 일이었다. 문주의 대학 등록금이나, 결혼을 위해 많은 돈이 필요할 때도 차라리 휴학을 하거나 혼수를 줄이라 했을 뿐, 집을 담보로 약간의 돈을 얻는 일 따위도 하지 않던 엄마가 이제 겨우 만난 지 두 달도 되지 않는 남자를 위해 집을 내놓다니. 엄마는 진심으로 뜨거운 사랑을 하고 있던 모양이었다. 그런 깨달음이 문득 가슴으로 전해져오자 문주는 처음으로 엄마에 대해 같은 여자로서의 연민을 느꼈다. 뭉클한 무엇인가가 목구멍으로 올라오는 것 같았다.

16

물기가 채 마르지 않은 얼굴을 닦아내며 엄마가 들어와 말했다.

"문주야 그 사람 왔다. 오기로 했으면 얘기를 해야지. 세수도 안 하고 있다가 깜짝 놀랐다."

느닷없는 말에 문주는 서둘러 일어났다. 그가 오다니. 어제 택시를 기다리며 그는 전화를 하겠다고 말했었다. 문주가 아무 말도 하지 않자 동의의 표시로 알고 흡족하게 돌아갔지만 사실 문주는 아직까지도 마음의 결정을 내리지 못한 상태였다. 그런데 이렇게 돌연 그가 왔다는 것이다. 전화도 하지 않고.

문주는 서둘러 청바지와 몸에 편한 남방으로 갈아입었다. 그런 문주를 보고 동그랗게 눈을 뜨며 엄마가 물었다.

"어디, 가기로 했니?"

"저 좀 나갔다 올게요. 늦을지도 모르겠어요. 하늘이 좀 부탁해요, 엄마."

"그래, 그래라. 하늘이는 아무 걱정 말고."

엄마의 표정은, 선이라도 보러 가는 늙은 딸을 대하는 것처럼 조심스럽기 그지없었다. 꽤 궁금할 것임에도 불구하고 엄마는 더 이상 아무 말도 묻지 않은 채 문주의 등을 털어주는 것으로 자신의 궁금증을 불식시켰다.

“조금 쉬었다 갈까요.”

아무 말 없이 앞만 주시하던 그가 불쑥 말했다. 중부 고속도로의 마지막 휴게소를 알리는 표지판이 옆으로 스쳐가고 있었다. 대답을 듣고자 했던 것이 아니었던 듯 규회는 다시 한 번 휴게소가 5백 미터 남았음을 알리는 표지판이 나타나자 2차선으로 차선을 바꾸어 천천히 달리기 시작했다. 창문을 열자 가속도에 부딪친 제법 서늘한 바람이 사정없이 차 안으로 쏟아져들어왔다. 순식간에 몰려든 바람으로 인해 차 안이 팽창된 기구처럼 무중력 상태로 둥둥 떠다니는 느낌이 들었다. 마찰에 의해 쏟아지는 소리들 때문에라도 문주는 여행하는 기분에 사로잡혀 마음이 들뜨기 시작했다.

“운전을 잘 하시네요.”

소란스러운 바람 탓인지 지나치게 크게 나온 말에 놀라 문주는 움칠했다.

“다행이군요. 문주 씨가 편안해하지 않으면 어쩌나 걱정했습니다.”

규회 역시 한 옥타브 올라가 조금은 들뜬 음성으로 쾌활하게 말했다. 눈을 돌리지 않은 채 그가 엷게 웃자 이제껏 보지 못했던 보조개가 돌연 그의 볼에 슬쩍 모습을 드러내었다. 그에 대해 뭔가 새로운 것을 알게 되었다는 야릇한 기분이 가슴에서 움직였다.

차는 어느새 휴게소로 오르는 길목에 진입하고 있었다. 드물게 빨간 벽돌로 건물을 올린 휴게소는 작고 깨끗하게 보였다. 넓지 않은 주차장에는 평일이라서 그런지 주차해 놓은 차가 많지 않았다. 그 중 비교적 건물과 가까운 곳에 규회는 차를 세웠다.

화장실에 다녀오겠다며 그가 쑥스러운 듯 웃고 간 뒤에 문주는 천천히 보도블록 위를 걸었다. 한가해 보이는 것에 비해 제법 여러 무리의 사람들이 군데군데 모여 있었다. 등산이라도 가는 듯 붉은 모자와 스카프를 두른 중년의 사람들이 커피를 마시거나 애인으로 보이는 젊은 남녀가 말끝에 손을 잡고 흔들며 어깨를 두르는 모습이 눈에 들어왔다. 남자의 긴 팔에 어깨를 맡긴 여자는 편안하고 행복해 보였다. 문득 걸음을 늦추며 문주가 바라보자 남자의 옷깃을 여미며 무어라 말을 하던 여자가 낯선 시선을 느끼고 새침한 표정으로 말을 멈추었다.

"무슨 생각을 그렇게 하세요."

어느 틈에 온 그가 문주에게 말했다. 뒤돌아보니 여전히 웃고 있는 그의 양손에 알이 작은 감자와 갓 뽑은 듯한 원두커피가 들려 있었다.

"조금 쉬었다 가요. 다리도 불편할 텐데."

바라다보이는 파라솔로 성큼성큼 걸어간 그는 꽂혀 있던 이쑤시개로 윤기가 나는 알감자를 찍어 불쑥 문주의 앞에 내밀었다. 감자를 받으며 문주는 여행중에 휴게소에 앉아본 지가 언제였던가 떠올려보았다.

여행을 할 때면 문주는 여행 그 자체보다도 정작 휴게소에 들르는 것을 즐겼었다. 적당한 간격으로 놓여 있는 휴게소를 지나치지 못하고 들락거리는 문주를 보고 세훈은 어린애 같다며 기꺼이 차를 대주곤 했다. 휴게소에 들를 때마다 문주는 오징어를 먹기도 하고, 핫도그를 먹기도 하고 때론 자율 식당에 들어가 가시가 많은 청어나 비엔나 소시지 따위를 앞에 놓고 점심이나 저녁을 해결하기도 했다. 문주 자신도 이해하지 못할 휴게소에 대한 향수랄까, 기대감 같은 것이 그렇게 하도록 했던 것 같다. 실제로 문주는 정작 여행의 목적지에 도착하면 느끼지 못했던 설렘을 휴게소에서는 느낄 수 있었다. 휴게소에 앉아서 음식을 먹거나 간이 테이프 판매점에서 함부로 틀어져 나오는 트롯 풍의 가요를 듣고 있노라면 떠남에 대한 설렘이 몽글몽글 솟아오르곤 했던 것이다.

문주는 휴게소에 앉아보는 게 꽤 오래간만이라는 생각을 했다. 그만큼 오랫동안 여행을 한 기억이 없었다. 그러고 보니 세훈과 함께 소쇄원으로 다녀온 것이 마지막 여행이었던 것 같았다. 그날 소쇄원으로 가는 길에도 문주는 휴게소에 들렀다. 부끄러운 줄도 모르고 화장실 앞까지 세훈의 손을 잡고 걸어갔다가 다시 화장실 앞에서 만나 문주는 그때 알감자를 샀었다. 오렌지 주스와 함께 제대로 씹지도 않고 감자를 삼키는 문주를, 세훈은 턱에 팔을 고이고 웃으며 바라보았었다. 내가 먹는 게 아니고 아기가 먹는 거야. 짐짓 샐쭉한 표정까지 지으면서도 문주는 감자를 쉴 새 없이 먹었고, 결국 목이 막혀 세훈의 사이다를 뺏어먹기까지 했다. 그러면서 문주는 행복하다고 느꼈던 것 같다. 그 소중한 한 순간이 문주는 아득하기만 했다. 세훈과 웃고, 싸우고, 또 투정부렸던 것이 아련하고, 또 꿈 속에서 밤이 새도록 돌아다니며 불쑥불쑥 나타나는 은백색 동전을 줍고 난 뒤의 아침처럼 주체할 수 없을 정도로 허무하기만 했다.

"감자 안 좋아하시나봐요."

그가 걱정스러운 눈으로 바라보고 있었다.

"아니에요. 잠깐 딴생각을 했어요."

문주는 서둘러 감자를 베어먹었다. 알맞게 튀겨진 감자는 바삭바삭했지만 어쩐지 잘 넘어가지 않았다. 아직 향이 남아 있는 커피를 문주는 천천히 마셨다.

음반을 찾는 일은 비교적 쉽게 끝났다. 초행길이라고 했지만 규회는 광주 톨게이트로 들어가자 망설임 없이 길을 찾아나갔고, 몇 번의 좌회전과 우회전을 거듭한 끝에 어느 작은 골목으로 들어섰다. 오른쪽으로 10층이 채 안 되는 높이의 백화점이 있었고, 백화점과 제휴를 맺은 듯한 비교적 규모가 큰 4층짜리 유료 주차장이 마주하고 있었다. 그 두 개의 건물을 지나자 어

떻게 도시의 한복판에 이런 곳이 남아 있었을까 싶게 낡은, 잿빛 슬레이트 지붕이 햇빛에 고스란히 몸을 드러내고 있는 골목이 불쑥 튀어나왔다. 음반은커녕, 그것도 국내에 몇 장 되지 않는 귀한 것은 도저히 있을 것 같지 않은, 어떻게 보면 너무 낡고 침침해서 깨끗한 백화점 건물에 가리워 부식의 분위기조차 풍기는 그런 골목이었다.

골목 어귀에 차를 세워놓고 규회는, 그 중간에 위치한 어느 집으로 들어갔다 나왔다. 간판조차 없이 담배나 토큰 따위를 파는, 진열대에 듬성듬성 놓인 과자는 거개가 유통기한이 지났을 듯한 인상을 풍기는 곳이었다. 볼에 연한 홍조마저 띠고 차 쪽으로 걸어오는 규회의 손에는 표면이 많이 낡은 음반 한 장이 들려 있었다.

"이런 곳에 음반이 있다는 것은 어떻게 아셨어요."

"인터넷에서 봤어요. 음악을 좋아하는 사람들이 모이는 방이 있는데, 그곳에서 누가 이야기하더군요. 이 음반을 가지고 있는 사람을 알고 있다고. 그래서 알게 되었어요."

"그렇게 귀한 음반을 선뜻 내주던가요."

"어떻게 이 음반이 자신의 집에 있게 되었는지도 기억을 못 하고 있었어요. 달리 들을 음악이 없어서 틀어놓았는데 언젠가 그 사람이 와서 좋은 음반 가졌다고 하더래요. 그러다 오디오가 너무 낡아 새로 바꾸었는데 다행히 CD기만 장착되어 있는

것을 샀대요. 음질이 좋은 CD를 몇 장 사다주면서 값을 후하게
쳐주겠다고 했더니 별 미련 없이 주었어요. 어차피 이제는 쓸
모도 없는 거였다고. 또 그분한테는 그리 애착이 가는 물건도
아니었고."

"이렇게 먼 길을 올 정도로 그 음반이 특별한 건가요."

"음반사에서 한정 판매로 간혹 번호를 매겨 음반을 파는 경
우가 있어요. 일 번에서 백 번까지처럼요. 그런 경우는 세계에
서 그 음반이 백 장밖에 없으니 누구나 탐을 내죠. 운 좋게 그
번호 안에 있는 음반을 구했을 때는 말로 표현할 수 없게 행복
하기도 하구요. 대개는 서울에 있는 단골 레코드점에 부탁하면
구해 주기도 하는데 이런 경우는 조금 특수해서요. 음반을 소장
한 분이 마니아도 아니고, 또 레코드점을 통하는 것보다는 제가
오는 것이 더 빠를 것 같아서요"

"이것도 그런 음반인가요. 세계적으로 몇 장밖에 되지 않는."

"쉽게 구할 수 있는 건 아니지만 꼭 그것 때문만은 아니에요.
아르헤르츠라고 영국 여자인데 피아노를 치죠. 제가 워낙 좋아
하는 사람이라 직접 오고 싶었어요. 핑계삼아 문주 씨와도 먼
길을 한번 같이 오고 싶기도 했구요. 자 어디 가서 식사라도 해
요. 너무 시간이 늦은 것 같아요."

빠르게 말한 후 어색하게 웃으며 그는 차에 시동을 걸고 천천
히 골목을 빠져나왔다.

17

백양사로 오르는 길은 고즈넉했다. 지나다니는 사람이 얼마 되지 않은 탓도 있었지만 아마도 경사진 비탈로 쏟아질 듯 기울어진 나무들이나, 간혹 부는 바람에 몸을 뒤채며 떨어져내리는 햇빛을 고스란히 받아내는 엷은 잎사귀 때문인지도 몰랐다.

문주는 문득 마음이 착잡해졌다. 백양사에 오게 되다니. 세훈이 아닌 규회와 함께. 이렇듯 전혀 예상하지도, 할 수도 없었던 행로에 대해 문주는 그만 두렵기까지 했다. 진실로 내가 원했던 것은 무엇이었을까, 하는 의문이 머리에서 떠나질 않았다.

광주에서 식사를 마친 후 규회는 문주에게 소쇄원에 대해 들어본 적이 있느냐고 물었다. 많이 알려지지는 않았지만 진입로의 대나무며 특이하게 쌓아올린 건축물들이 제법 볼 만하니 들렀다 가지 않겠느냐는 것이었다. 규회의 말을 들으며 문주가 떠올린 것은 하늘로 끝간데 없이 치솟아 있던 푸르디푸른 대나무나 굴뚝이 마당 쪽으로 탑처럼 빠져나온 팔작 지붕도 아닌 바로, 세훈이었다. 문주를 찍기 위해 신경 쓰느라 정작 소쇄원은 제대로 보지 못했노라고 가벼운 투정을 하면서도 그날 세훈은 내심 흡족해하며 서울로 돌아왔었다. 애초에 보기로 했던 백양사는 새로 태어날 아기와 함께 다시 한 번 들르자는 말과 함께.

문주는 규회의 제의에 거절했다. 무슨 바쁜 일이 있느냐고 규회가 다시 한 번 물었고, 문주는 조금 피곤하다고 대답했다. 규회가 더 이상 권하지 않았기 때문에 둘은 가까운 곳으로 자리를 옮겨 커피를 마셨다. 규회는 아무 말도 하지 않았다. 다만 그의 몫으로 시킨 커피를 다 마신 후에, 종업원을 불러 향이 진한 커피를 한 잔 더 시켰을 뿐이었다. 두 잔의 커피를 마신 후에 그가 비로소 입을 떼었다. 오늘 같이 와주셔서 감사했어요. 그러고 난 뒤 다시 그가 입을 다물어버렸기 때문에 문주는 자신도 모르는 사이에 변명을 늘어놓기 시작했다. 사실은 남편과 소쇄원을 가본 적이 있어요. 사고 나기 며칠 전에…… 그곳에 가지 않겠다고 한 것은 그 때문이에요. 당신과 함께 그곳에 간다면…… 제 마음이 편할 것 같지 않아요. 죄송해요. 그가 아, 하는 표정을 지으며 두 번 천천히 고개를 끄덕였다. 이해의 표시였다. 그러나 어쩐지 그는 편안해 보이지가 않았다. 꼭 다문 입술은 조금 전보다도 더 완강하게 느껴졌다. 깔때기 모양으로 날렵하게 오므려진 찻잔을 만지작거리던 그가 돌연 앞에 놓인 계산서를 집으며 일어나자, 문주도 따라 일어났다.

"문주 씨가 사랑했던 그분, 행복했을 거예요."

광주 톨게이트를 빠져나와 끝간데 없이 출렁거리고 있는 호남평야에 무연히 시선을 두고 있을 때 문득 그가 말했다. 문주가 바라보자 그는 아무 말도 하지 않은 사람처럼 앞만 주시하고 있었다. 문주는 규회의 시선을 따라 앞을 바라보았다. 도로는 텅 비어 있었다. 평일이라고는 하지만 지나친 정적에 잠겨 있는 도로는 숨이 막힐 정도로 움직임이 없었다. 그림처럼 제자리를 지키고 있는 산이며 들이 순간순간 문주의 앞으로 쏟아져들어 왔다가 투과되어 사라졌다. 문주는 규회의 말, 세훈을 사랑했다 는 그 말을 되뇌었다. 과연, 그런 것일까. 실제로 세훈이 살아 있을 때 문주는 그를 사랑한다고 믿었다. 그러나 지금도 그렇게 단언할 수 있을까. 문주는 문득 모든 것이 자신 없게 느껴졌다. 사랑했다면 이토록 무심하게 세훈을 떠올릴 수 있는 것일까. 혹 시 사랑이 아니었다면 안락함은 아니었을까. 세훈에게서 풍겨 나오는 믿음직스러움을 자신이 사랑했던 것은 아니었을까.

광주를 빠져나오는 내내 사실 문주는 할 수만 있다면 가늘게 곱슬거리는 규회의 머리를 한번 쓰다듬어보고 싶다고 생각했 다. 그의 어깨에 한번 자신의 머리를 얹어보고 싶기도 했다. 소 쇄원에 가지 않겠다고 말한 뒤 시종 말없이 차를 타고 오며 문 주는 불쑥불쑥 솟구치는 간절함에 몸을 떨었고, 차창 밖의 풍경 을 바라보는 것으로 자신을 달랬던 것이다.

문주는 그를 바라보았고, 그가 역시 아무 말도 하지 않자 가 벼운 한숨과 함께 다시 창밖에 시선을 두었다. 그때였다. 그가 돌연 명랑한 소리로 문주를 부른 것은.

"문주 씨. 백양사라는 톨게이트가 있대요. 잠깐 들렀다 가는 것이 어떻겠어요. 따로 톨게이트가 있는 걸로 봐서 꽤 유명한 곳인가봐요."

그의 목소리는 지나치게 밝았다. 그건 그가 긴장을 하고 있다는 증거였다. 그래서 문주는 거절을 할 수가 없었다. 아무 일도 없었던 것처럼 미소 띤 얼굴로 자신을 바라보는 그를 보고 문주는 살짝 웃었고, 그는 그것을 수긍의 표시로 알고 백양사 5백 미터라는 이정표가 나타나자, 오른쪽으로 차선을 바꾸어 달리기 시작했다.

백양사 내부는 단아했다. 키 낮은 사찰들이 미음자 모양으로 조용히 자리하고 있었고, 대웅전의 뒤로 진신사리가 보관되어 있다는 9층 석탑이 세워져 있었다. 백양사 한쪽에 있는 찻집에서 규회에게 감사의 표시로 수공으로 만든 녹차 잔을 사 선물한 뒤 둘은 다시 천천히 입구 쪽으로 걸어내려왔다. 또각또각 울리는 발자국 소리가 길고 단아한 진입로를 가득 메웠다. 문주는, 깨끗하고 조용한 곳이었고 길가로 즐비한 나무들이며 붉은 하늘이 너무 아름다웠기 때문에 백양사에 들른 것은 잘한 일이었다고 생각했다. 무엇보다도 연신 녹차 잔을 들여다보는 그의 표정이 많이 편안해 보인 탓이기도 했다. 그때 불쑥 그가 손을 내밀었다. 꽤 숙고한 끝에 내린 결정인 듯 어색하면서도 따스한 미소를 짓고 있었다. 달그락거리는 심장 소리를 들으며 문주는 멈칫멈칫 그의 손을 잡았다. 따뜻하고 부드러운 손이었다. 걸을 때마다 서걱서걱 소리를 내며 부딪치는 그의 어깨가 느껴졌다.

신경질적인 경적 소리가 일제히 쏟아졌다. 뒤차의 운전자가 삿대질을 하며 화를 내는 모습이 실내 거울을 통해 비쳐졌다. 규회는 여전히 당황한 채 액셀러레이터를 밟고 있었다. 부웅, 의미 없는 공회전만 되풀이할 뿐 차는 꿈쩍도 하지 않았다. 둥근 핸들은 나사가 풀린 장난감처럼 맥없이 헛돌았다.

"아무래도 안 되겠어요. 레커차를 불러야 할 것 같아요."

"뭐가 잘못된 거죠."

"모르겠어요. 시동은 꺼지지 않았는데 전혀 작동을 안 해요. 핸들도 풀린 것 같고."

규회는 허겁지겁 뒤차 쪽으로 달려가 양해를 구했다. 좁은 도로는 이미 꽉 막혀 있었다. 성급한 아반떼 한 대가 밀린 차들 사이에서 빠져나와 상대방의 도로에 무방비 상태로 서 있었다. 다시 돌아갈 수도 더 이상 나아갈 수도 없는 상황이었다. 양쪽 방향의 도로를 빼앗긴 맞은편 차의 운전자들은 노골적으로 욕을 하며 필터만 남은 담배를 도로에 내던졌다.

백양사 입구를 나설 때만 해도 아무 이상이 없던 차였다. 급작스러운 고장의 징후는 아무 곳에서도 느껴지지 않았었다. 그런데 입구를 빠져나오자마자 넘쳐나는 차들로 꽉 막힌 도로에서 잠깐 정차하고 있는 사이 갑자기 규회의 차가 말을 듣지 않았다. 서서히 차들이 움직이기 시작했을 때도 규회의 차는 답답할 만큼 꿈쩍도 하지 않았다. 사이드를 다시 잠갔다 풀어보고

부웅, 요란한 소리를 내며 액셀러레이터를 밟아보아도 마찬가
지였다. 그러던 것이 핸들마저 분리된 것처럼 돌아가기 시작했
던 것이다.

전화를 건 뒤 담배를 한 대 피운 규회가 차로 돌아와 채 문을
닫기도 전에 사이렌 소리를 내며 레커차가 다가왔다. 다행히도
가까운 곳에 있었던 모양이었다. 규회의 차 앞에 바싹 레커차를
붙여놓은 뒤 차에서 내린 청년은 무감동한 표정으로 두 대의 차
를 잇는 작업을 시작했다. 두 대의 차는 굵직한 쇠사슬에 의해
쉽게 연결되었다. 청년이 규회에게 차로 들어가라는 말을 했고,
그 말에 따라 규회가 차로 돌아오자 불쑥 차의 앞부분이 허공으
로 올려졌다.

"상태가 많이 안 좋은데요."

차의 바퀴를 툭툭 발로 차며 공업사의 정비공이 말했다.

"핸들과 바퀴를 연결하는 고리가 손상됐어요. 새것으로 교체
해야 될 것 같아요."

"오늘 안에 되겠습니까?"

"아뇨. 오늘은 퇴근 시간도 다 됐고, 또 어차피 부품도 없거
든요. 내일 아침 일찍 해드릴게요."

정비공의 말에 규회는 난감한 표정을 지으며 문주를 바라
보았다.

"어떡하죠. 아무래도 문주 씨 혼자 내려가야 할 것 같아요.

내일 오전중에나 가능하다니 아무래도 저는 이곳에서 있어야
할 것 같아요."

어떻게 해야 할지 문주는 판단이 서지 않았다. 기껏 같이 온
길을 그만 혼자 버려두고 서울로 가버린다는 게 어쩐지 내키지
않았다. 더군다나 좋은 일도 아니고 차가 망가져 심란해 있는
사람이 아닌가. 그러나 문주는 오늘 안으로 꼭 서울에 돌아가고
싶었다. 하늘 때문이었다. 요즘 들어 부쩍 표정이나 행동이 어
수룩해진 하늘은 낡은 인형을 끌어안고 문주만을 기다리고 있
을 터였다.

문주가 아무 말도 하지 않고 서 있자 그가 애써 쾌활한 표정
으로 말했다.

"공연히 오자고 해서 문주 씨만 고생하게 되었군요. 서울까
지 가려면 서둘러야 해요. 차도 많지 않고 또 시외버스라서 시
간도 많이 걸리거든요."

정비소 여직원이 전화를 걸어 불러준 택시를 타고 규회와 문
주는 시외버스 터미널로 갔다. 서울로 가는 버스는 7시 반 차가
마지막이었다. 버스표를 예매한 후 시간을 보니 6시 반이 지나
가고 있었다.

"서울에 도착하면 늦은 밤일 테니, 어디 가서 식사라도 해요.
오다 보니까 터미널 근처에 한식집이 있던데 그곳으로 가요."

문주보다도 정작 규회가 더 서두르는 것 같았다. 봐두었다는

한식집으로 급히 들어가 주문한 음식이 나올 때까지 규회는 시계에서 눈을 떼지 않았다. 저녁 시간이고 터미널 근처라서 그런지 식당 안은 차 시간을 기다리는 사람들로 제법 소란스러웠다. 생각보다 식사가 늦게 나오자 규회는 밥알을 제대로 씹지도 않고 넘기는 것 같았다. 7시 15분이 되어서야 둘은 식당에서 나올 수 있었고 문주와 상당한 거리를 둔 규회는 뛰다시피 터미널을 향해 걸었다.

"같이 남겠어요."

막 터미널 입구로 들어가려는 그에게 문주가 말했다. 다시 시계를 들여다보던 규회가 놀란 표정으로 문주를 바라보았다.

"내일 같이 올라가요. 그게 좋겠어요."

30분을 향해 조급하게 움직이는 터미널 벽 위의 시계침을 바라보며 문주는 자신에게 하듯 단호하게 말했다.

18

집에 전화를 걸고 왔을 때 규회는 침대의 한쪽에 어깨를 댄 채 잠들어 있었다. 문주는 침대 옆에 놓인 소파에 풀썩, 몸을 내던졌다. 짙은 피로가 발끝에서부터 올라왔다. 테이블 위에 문주가 나간 사이 마신 것이 분명한 맥주 캔들이 아무렇게나 놓여 있었다.

　냉장고에 남아 있는 캔 맥주를 꺼내어 마시며 문주는 규회가 불쑥 내뱉은 말을 떠올렸다. 방으로 들어와 달리 시선을 둘 곳을 찾지 못한 문주가 출입문 벽에 붙여진 숙박 규정이나 요금이 적혀 있는 문구를 하릴없이 보고 있을 때 규회는 술을 마신 탓인지 연극이라도 하는 사람처럼 다소 긴장되고 과장된 음성으로 말했다. 당신과 함께 살고 싶어요,라고.

　말을 듣자마자 문주는 급한 일이 생각난 사람처럼 허둥지둥 방을 나왔다. 그의 얼굴을 보기가 두려웠기 때문이었다. 춤을 추듯 뛰는 가슴을 진정시키기 위해 문주는 엘리베이터를 이용하는 대신 천천히 걸어 1층까지 내려왔다. 프론트에서 젊은 여자가 한창 진행중인 코미디 프로를 보며 웃다가 문주를 바라보았다. 전망이 좋다며 모텔의 꼭대기층인 5층의 방을 안내했던 여자였다. 요즘 들어 한창 인기를 올리고 있는 드라마에 빠져 있던 여자는 모텔에 들어서 머뭇거리고 서 있는 규회와 문주에게 같은 방을 쓸 것인지, 아니면 따로 쓸 것인지를 묻지도 않고 5층에 있는 방의 키를 들고 엘리베이터 버튼을 눌렀다. 4층에 서 있던 엘리베이터가 내려오는 사이에도 여자는 아쉬운 눈빛으로 텔레비전에서 눈을 떼지 않고 있었다. 당황한 규회가 엘리베이터의 문이 열리는 사이 여자를 불렀다. 여자가 곧 눈에 띄게 친절한 미소를 지으며 규회를 바라보았다. 방이 그것밖에 없습니까. 여자가 의아한 눈빛으로 반문했다. 네? 그것말고는 다른 방이 없나요? 5층에는 방이 원래 하나밖에 없는데요. 5층이 싫으시다면 4층이나 3층으로 바꾸어 드리겠어요. 아뇨, 제 말은…… 식사 후에 마신 술로 규회는 조금 취한 것처럼 보였고, 여자는 그런 규회보다는 문주와 말을 하는 것이 낫겠다고 판단한 모양이었다. 결정을 내려달라는 표정으로 여자가 엘리베이터의 버튼을 누르고 문주를 바라보았다. 그냥 5층으로 하겠어요. 문주가 짧게 대답하자 여자는 다시 환하게 웃으며 엘리베이터 안으로 들어갔다. 놀란 규회만 머뭇거리며 문주를 바라보고 있었다.

집에 들어가지 못하게 되었다는 말에 엄마는 짐작이라도 했다는 듯 덤덤하게, 조금은 은밀한 웃음이 묻어나는 목소리로 대답했다. 하늘이 생각보다 보채지 않고 잘 노니 집 걱정은 하지 말고 잘 놀다 오라고.

자리에서 일어나 문주는 창문을 열었다. 가을이라고는 했지만 특히 농촌의 공기는 도회지의 그것보다 훨씬 차고 신선했다. 청량한 공기의 알갱이들이 소록소록 몸 안으로 스며들어왔다. 엷은 티셔츠에 감춰진 팔에 오소소 작은 소름이 돋았다. 문득 술에 취해 잠든 그가 갑작스러운 한기에 몸을 떨지도 모른다는 생각에 뒤를 돌아다보니 그는 여전히 같은 자세로 눈을 감고 있었다. 한쪽 어깨가 저릴 법도 하건만 그는 미동도 하지 않았다.

어쩌면, 그가 자고 있는 것이 아닐지도 모른다는 생각이 든 것
은 그 때문이었다. 문주가 생각하기에도 술에 곯아떨어질 만큼
그가 많은 술을 마신 것은 아니었다. 저녁 식사를 마친 후 막상
문주가 서울로 가지 않겠다고 하자 가까운 호프집에 들러 약간
의 맥주를 마신 것뿐이었다. 이전에도 문주는 그와 두어 번 맥
주를 마신 적이 있었다. 그는 평소에도 꽤 술을 즐기는 것처럼
보였고 자리가 파할 무렵에 술에 취해 사라지는 것은 매번 진형
과 윤재였을 뿐 그는 전혀 아무렇지도 않은 표정으로 문주를 기
다리곤 했다. 그런 그가 이토록 아무것도 모른 채 잠들었을 리
가 없는 것이다. 물론 모텔에 들어와서도 문주가 나간 사이 더
마시기는 한 것 같았다. 테이블 위에 올려져 있는 캔의 수로 보
아 짧은 시간에 마시기에는 꽤 많은 양이기도 했다. 그러나 굳
이 그가 빈 캔을 테이블 위에 그대로 올려놓은 것도 어쩌면 문
주를 의식한 것일지도 모른다는 생각이 들었다. 그는 어쩌면 이
어색하고 불편한 시간을 갖고 싶지 않았던 것일지도 몰랐다.

　창문을 닫은 후 문주는 불을 껐다. 눅진한 어둠이 소파에 앉
은 문주의 주위로 몰려들었다. 주위가 어두워지자 곳곳에 숨어
있던 소리들이 선명하게 귀에 잡히는 듯했다. 개암 열매가 떨어
지듯 툭툭, 하는 소리가 어디서인지 모르게 가끔씩 들려왔다.
미세하고 조심스럽게 물 흐르는 소리가 들리기도 하고 누군가
의 은밀한 웃음소리가 바닥에서 새어나오는 것 같기도 했다. 그

수다하면서도 조심스러운 소리 사이로 그가 몸을 뒤척였다. 실처럼 가늘고 내밀한 움직임이었지만 문주에게 그것은 주변에 떠도는 움직임들을 일시에 불식시켜 버릴 만큼 크게 느껴졌다. 그러곤 이내 그는 움직임을 멈추었다.

잠이 잘 오지 않았다. 몸 끝에 달라붙어 있던 피로들이 불을 끄고 자리에 앉자 돌연 어둠과 함께 모습을 감추어버린 것 같았다. 오히려 정신이 더 맑아지는 듯도 했다. 시야가 갇힌 대신 청각은 두터운 벽지를 은밀하게 오르는 벌레의 소리라도 들을 것처럼 예민하게 곤추 세워졌다.

새삼 모텔에 들어오기 전 광경이 떠올랐다. 서울에 가지 않겠다고 막상 문주가 말하자 규회는 굳이 권하지 않았다. 아무 말 없이 되돌아와 또 무작정 걷기 시작했다. 문주가 따라잡는 데 불편하지 않을 만큼 적당한 보폭이었다. 달리 말은 하지 않았지만 규회의 얼굴은 편안해 보였다. 그를 바라보며 문주는 그와 함께 남길 잘했다고 생각했다. 사실 식당에서 나올 때까지만 하더라도 이곳에 남을 마음은 전혀 없었다. 아니 전혀 없다는 말은 솔직하지 않은 말인지도 모른다. 예상치 못하게 그와 헤어져야 한다는 사실이 섭섭하기는 했었다. 그러나 같이 남을 정도는 아니었다. 그러나 터미널로 들어서는 그의 단정한 어깨를 보는 순간 돌연 문주는 그와 헤어져야 한다는 것이 견딜 수 없게 느껴졌다. 가지 않겠다고 말을 해버린 뒤에는 자신도 놀랄 만큼 마음이 편안해졌기 때문에 문주는 그런 자신의 마음이 낯설기만 했다.

갑자기 남아버린 시간을 감당할 수 없어 둘은 눈에 띄는 호프집으로 들어갔고, 어색함을 감출 수 있을 만큼의 속도로 맥주를 마셨다. 가끔씩 아주 가끔씩 규회가 무슨 말인가를 걸었고 문주는 짧게 대답했다. 아마도 대답하기에 곤란하지 않은, 넘치는 시간을 지워나가기에 적당한 말이었던 것 같다. 그는 내내 온화한 미소를 지었고, 그런 그에게서 문주에 대한 따뜻한 마음을 읽어내는 것은 어렵지 않았다. 문주는 급격히 그에게 빠져들어가는 자신을 느꼈고 그 물살을 결코 헤어나지 못하리라는 예감에 몸을 떨었다.

그러던 그가, 호프집을 나오고 모텔에 들 때까지도 오히려 수줍게 웃기만 하던 그가, 말했던 것이다. 문주와 함께 살고 싶다고. 그 낯설고 생경스러운 단어. 다시는 들어보지 못하리라 여겨졌던 소중한 떨림이 문주는 두려웠다.

갑자기 침대 쪽에서 움직임이 느껴졌다. 낡은 침대의 스프링이 민망스러울 만큼 날카로운 파열음을 내며 가라앉은 어둠 속을 흔들었다. 뜻밖의 소리에 놀란 그가 멈칫, 하고 긴장하는 느낌이 전해져왔다. 다시 바닥에 어둠의 입자들이 흔들리며 내려앉았다. 문주는 별안간 둥당대기 시작한 가슴을 진정시키느라 그가 눈치채지 못하도록 천천히 숨을 내쉬었다. 태연하려고 애썼지만 몸 안에 잠자고 있던 세포와 혈관들이 일시에 일어나 제각기 몸을 뒤채는 것처럼 뛰기 시작했다.

움직임을 멈추었던 그가 다시 일어나 앉았다. 잠깐 동안 이불이 구겨지는 소리가 들렸고 조심조심 문주 쪽으로 다가오는 그가 느껴졌다. 문주 앞에 우뚝 다가선 그는 다시 움직임을 멈추었다. 금방이라도 심장이 멈추어버릴 것 같았다.

그가 자신을 향해 몸을 숙이고 있는 것이 느껴지자 문득 문주는 안온한 기운에 하마터면 눈을 뜰 뻔했다. 뜻밖에도 그는 이불을 가져와 문주에게 덮어주었다. 그의 온기가 남아 있는 따뜻하고 포근한 이불이었다. 어깨와 손끝까지 바람이 통하지 않도록 그는 자상하고 세밀하게 문주를 감싸주었다. 그러곤 이마로 내려와 있는 문주의 머리카락을 조심스럽게 만지기 시작했다. 부드러운 그의 손끝이 이마에 닿았다가 다시 사라졌다. 그리고 어느 순간 그의 입술이 이마에 느껴졌다. 뜨겁지만 절제된 그의 호흡을 느끼는 순간 문주는 그를 와락 끌어안고 싶은 충동에 몸을 떨었다. 심연 속으로 가라앉은 듯 방 안은 어둡기만 했다.

19

서둘렀지만 서울에 도착한 것은 제법 선선한 바람이 낮 동안 달구어졌던 지열을 식히고 있을 무렵이었다. 고속도로를 달리면서 규회는 자신에 대한 이런저런 이야기를 문주에게 들려주었다. 그가 문주와 나이가 같다는 것도 차 안에서 알게 된 이야기였다. 그밖에 그보다 세 살이 어린 그의 여동생이 남편을 따라 캐나다에 가 있다는 것과, 둔촌동에 있는 그의 집에는 그가 어렸을 때 타고 놀던 그네가 아직도 오래된 나무에 매달려 있다는 것도 알게 되었다. 그리고 결혼을 하게 된다면 어머님을 생각해서라도 혼자 계신 아버님을 같이 모시고 살며 정말로 잘 해드리고 싶어한다는 것을 알게 되었다. 옆에 앉아 조용히 그의 말을 듣던 문주는 그 순간 잠시 멈칫했다. 아버님을 모시고 살고 싶다는 그의 말을 듣자 문득 하늘이 떠올랐기 때문이었다. 문주는 실소했다. 어느새 그와 살 수도 있다는 가능성을 가슴에 품은 자신이 너무나 어처구니없다는 생각이 들었던 것이었다. 문주의 표정을 읽지 못한 규회는 어릴 때 담 위를 걸어다니다가 떨어지는 바람에 돌에 찔려 아직도 엉덩이에 흉터가 남아 있다며 소리내어 웃곤 했다. 잠시 말을 멈출 때는 카 스테레오에서 나오는 음악을 허밍으로 따라 불렀다.

규회는 유쾌하게 웃고 있었지만 하늘에게 생각이 미친 문주는 우울했다. 그의 이야기를 들으며 하늘을 떠올린 자신이 어이없게 여겨졌다. 하늘은 자신의 소중한 딸이었다. 다소 성정이 불안한 부분이 있기는 했지만 문주는 단 한 번도 하늘을 짐스럽

게 여긴 적이 없었다. 더군다나 세훈이 자신에게 마지막으로 주고 간 선물이 아니었던가. 그런 하늘을 왜 그 순간 떠올렸던 것일까. 서울이 가까워짐에 따라 어미 없이 하룻밤을 지냈을 것이 걱정되었기 때문이라고 변명을 할 수도 있을 것이다. 그러나 진실로 그런 것은 아니었다. 고속도로를 달리는 내내 문주는 놀랍도록 엄마와 하늘의 존재를 잊고 있었다. 오직 옆자리에 앉은 규회의 향기에 취해 말하고 웃었을 뿐이었다. 문주는 그런 자신이 견딜 수 없게 미웠기 때문에 집에 도착한 후에 규회가 웃으며 전화하겠다는 말을 했을 때는 오히려 화가 난 사람처럼 아무 말도 할 수가 없었다.

"언제 왔니."

막 대문을 들어서려는데 전화벨이 울리기 시작했다. 서둘러 받아보니 엄마였다.

"나 시내에 있는 갈비집이다. 너도 없다고 했더니 그 양반이 같이 저녁이나 먹자고 해서 오랜만에 잘 먹는 중이다."

"하늘이는요."

"하늘이도 잘 먹지. 입에 맞나 정신이 없다."

"조금만 먹이세요."

"애 먹는 걸 어떻게 말리냐. 잘 먹는 것도 복이니까 걱정 마라."

“언제 들어오세요.”

“글쎄다. 아 홀아비 혼자 사는 거 얼마나 심란할까 싶어 청소
좀 해주려고 했더니 절대 안 된다고 펄펄 뛰지 뭐냐. 앞으로 얼
마든지 할 텐데 왜 벌써부터 하려느냐고. 우습지. 이 양반이 이
렇게 깔끔하단다.”

“……”

“저녁 먹고 봐서 그 집에 들렀다 가든지 할 테니까 기다리지
말라고 전화했다. 아 참, 그리고 진형이한테서 전화왔었다. 오
는 대로 전화해 달라더라.”

“예. 알았어요. 제 걱정하지 마시고 천천히 들어오세요.”

진형은 사무실에 있었다. 전화 받는 목소리가 빠르고 숨찬 것
으로 보아 무슨 바쁜 일이라도 하다 받은 모양이었다.

“바쁜 모양이구나.”

“아냐. 커피 마시다 달려와서 그래. 지금 들어왔니?”

“으응……”

“그래. 너 작업은 진행대로 되어가고 있냐고 물으려고 전화
했어. 오늘 의뢰인한테서 전화가 왔거든. 될 수 있으면 출간 날
짜를 조금 앞당기고 싶은데, 그럴 수가 있겠냐고.”

“왜 무슨 일이 있는 거야.”

“아니, 별일은 아니고. 그분 자서전 마지막 부분에 재산 헌납
한다고 써달라고 했다면서. 출간에 맞추어서 다 진행하려고 그

러나봐. 어때, 날짜 좀 당길 수 있을 것 같아?"

"글쎄, 어떨지 모르겠어. 생각보다 진전이 없어. 요즘 뒤숭숭한 일도 많았고."

"기집애, 내숭 떨고 있더니 너 규회 씨 때문에 고민했구나."

말 꺼낼 기회를 기다렸다는 듯 불쑥 진형이 말을 꺼냈기 때문에 문주는 깜짝 놀랐다.

"너, 알고 있었니?"

"그래. 너 윤재 씨랑 규회 씨랑 친한 친구 사이라는 건 잊은 거야?"

"……."

"네가 먼저 이야기 꺼낼 때까지 입 다물고 있으려고 했는데 결국 내가 먼저 했네. 아무튼 너, 나 만나서 상담 좀 해야 돼. 안 봐도 선하다. 매일 끙끙 앓고 있었겠지."

"진형아."

"오늘은 안 되고 조만간 우리 만나서 본격적으로 이야기하자. 네가 지금 무슨 생각하고 있는지 눈에 훤하니까, 알겠니?"

수화기 너머로 직원들의 웅성거리는 소리가 들리자 진형은 서둘러 전화를 끊었다. 조만간 내가 전화할게, 알겠지? 발랄한 진형의 목소리를 털어내며 문주는 수화기를 내려놓았다.

왜 미처 생각을 하지 못했던 것일까. 규회와 윤재가 자주 만나는 친구 사이라는 것을. 규회와의 만남 또한 윤재를 통한 것

이었음에도 왜 깨닫지 못했던 것일까. 문주는 자신의 단순함에
어이가 없었다. 진형의 말대로라면 자신에 대한 많은 부분을 윤
재와 이야기했을 것이었다. 그의 마음에 관한 것을, 또 자신에
대한 궁금증 같은 것을. 윤재는 당연히 진형에게 이야기했을 것
이고 진형 또한 어느 부분을 이야기했을 것이었다. 자신의 성격
이나 생활 같은 것들을. 아니면 혹 그 이전 아직 규회가 자신에
게 다가오기 전 규회의 마음을 진형이나 윤재가 유도했을지도
모른다는 생각을 문주는 문득 했다. 어쩌면 이 모든 것이 진형
의 배려였을지도 모를 일이었다. 약속 장소에 자연스럽게 그를
나오게 했을 수도 있었다. 아니 그렇지는 않다 하더라도 최소한
언젠가 갑작스럽게 정동진에 갔던 일은 그럴 수도 있었다. 그때
까지 문주는 진형과 윤재가 서로 사랑하고 있다고 믿고 있었기
때문에 자신과 규회가 그들을 돕기 위해 같이 떠나는 거라고 생
각하고 있었다. 정동진에서, 그 캄캄한 바닷가에서도 윤재와 진
형이 끊임없이 무슨 이야기인가를 하며 역사를 따라 걸었을 때
에도 문주는 그들이 둘만의 시간을 원한다고 믿고 있었다. 그러
나 생각해 보면 모든 것이 반대였다. 둘만의 여행에 규회나 문
주가 초대될 만한 이유는 아무것도 없었다. 그곳에 도착했을 때
도 가끔 진형이 윤재의 어깨를 치기도 하고 윤재가 허리를 구부
리며 웃기도 했지만 특별한 분위기 따위는 감지되지 않았었다.
저 멀리 어둠 속으로 사라졌다가는 어느새 문주 쪽으로 걸어와

의미 있는 미소를 짓던 진형의 표정은 분명 문주에게 무언가를 말하고 있는 것이었다. 그 모든 것을 떠올리고 문주는 문득 부끄러워졌다. 아무것도 모른 채 스스로의 감정에 빠져들었던 일이. 무슨 말인가를 기다리는 진형에게 모든 일을 감추었다는 사실이.

20

"도대체 사람을 피한다는 병을 어떻게 약으로 고친다는 거냐, 난 암만 들어도 이해가 안 된다."

방으로 들어오며 엄마는 또 못마땅하다는 듯이 얼굴을 찌푸렸다. 약을 먹은 하늘이 시름시름 낮잠에 빠져드는 것이 영 마음에 안 드는 모양이었다. 마음을 조금 안정시켜주는 것뿐이라고, 또 어느 아이들이든지 낮잠은 자게 마련이라고 아무리 말을 해도 엄마는 매번 속상한 눈치였다. 자료를 챙기며 문주는 애써 무심하려 했다.

"병원을 바꿔보든지, 그놈의 의사가 아무래도 돌팔이 같아. 아니 말 좀 못한다고 저 어린것이 그렇게 무시무시한 병에 걸렸다는 게 말이 되냐고."

"엄마."

"알았다 알았어. 나도 속상하니까 하는 소리지. 콩알만한 것이 한 주먹이나 되는 약을 먹는 걸 보면 가슴이 찡해서 볼 수가 없다."

"내일부터는 학교에 다니기로 했으니까 조금 나아질 테니 걱정 마세요."

"나가기로 한 거야? 가면 기숙사로 들어가야 한다면서."

"예. 일단 한 달만 보내보고 경과 봐서 계속 보내려고요."

"그래, 잘했다. 어쩌면 하늘이도 제 또래랑 어울리면 나아질지도 몰라. 그런데 어디 나가니?"

"필요한 게 있어서 서점 좀 다녀오려고요."

"얼른 갔다 와. 오늘부터는 이삿짐도 챙겨야 되니까. 새로 올 사람이 어제 중도금도 냈고 또 우리가 집 비우는 대로 언제든지 나머지는 준대더라. 이 집에 오래 있을 필요가 없을 것 같아. 허긴 뭐 살림이라고 다 궁색해서 그 집에는 어울릴 것도 하나도 없다. 꼭 필요한 것만 가지고 가고 나머지는 다 새로 사야겠어."

그러고 보니 어느새 마당이 휑했다. 대형 마켓이 개업할 때마다 꼬박꼬박 얻어오던 원색의 플라스틱 채반 따위들은 어느 결에 치워버렸는지 장독대에는 몇 개의 옹기만 윤기를 내며 자리하고 있었다.

"너무 커다란 옹기랑 플라스틱은 앞집 여자가 필요하다고 하기에 다 줘버렸다. 그거 있을 때는 모르겠더니 없어지니까 장독

대가 저렇게 깨끗하지 뭐니. 진작에 없앨 걸 무슨 청승으로 가
지고 있었는지 모르겠다."

　문주의 시선이 장독대에 머무는 것을 눈치 챈 엄마가 변명하
듯이 말했다.

　장독대뿐만 아니었다. 얼마 전부터 엄마가 조금씩 짐을 정리
하고 있다는 것을 문주는 알고 있었다. 며칠 전 그릇을 찾기 위
해 열어본 싱크대 안은 허전하리만큼 깨끗하게 비워져 있었다.
요즘 그런 그릇을 쓰는 사람은 없으니 다 버리라고 언젠가 문주
가 말했을 때 가지고 있다 보면 다 쓸 데가 있다면서 굳이 때마
다 닦아놓던 한 짐이나 되던 스틸 그릇들이 어느 결에 없어져버
렸던 것이다. 낡은 그릇들이 사라진 싱크대는 지나치게 깊고 환
해 보였다. 그 이물감에 문주는 텅 빈 싱크대 안을 한참이나 들
여다보기까지 했던 것이다. 그 밖에 젊었던 한때가 고스란히 묻
어 있는 엄마의 오래된 한복들이나 내용물을 알 수 없는 종이
상자들이 마루에 잠시 머물러 있다가 자취를 감추곤 했다. 마치
가게에 쌓아놓은 물건을 팔아치우는 상인처럼 집 안의 물건들
이 하나씩 없어지는 것에 비례하여 엄마는 점점 흥이 나는 것
같았다. 시도 때도 없이 노래를 흥얼거리는 일이 잦아졌고 가만
히 놀고 있는 하늘에게 다가가 못 견디겠다는 듯이 꽉 끌어안아
결국은 울음을 터뜨리게 하기도 했다.

　대문을 나서며 문주는 서둘러 집을 알아보아야겠다고 마음먹

었다. 문주가 더 이상 거취 문제에 대해 아무 말도 하지 않자 엄마는 계속 같이 지내는 것으로 알고 있는 모양이었지만 그럴 수는 없는 일이었다. 문주는 더 이상 엄마에게 과제를 남겨주고 싶지 않았다. 아직도 엄마의 꽁무니를 따라다니기에 자신은 너무 나이를 먹었다는 생각이 들기도 했다. 그리고 무엇보다 문주는 어쩐지 엄마의 남자와 같이 지낼 자신이 없었다. 이제 와서 새삼스레 낯선 사람과, 단지 엄마와 결혼을 했다는 이유로 가족이 되어 살아가야 한다는 게 문주는 겁이 났다. 예정대로라면 이제 보름 후에는 이 집을 떠나야 할 것이다. 그러나 엄마의 서두르는 품으로 보아 더 일러질 것 같기도 했다. 병원에 다녀온 후에는 본격적으로 집을 알아보아야겠다고 문주는 생각했다. 언젠가 버스정류장에서 전셋집이나 생활용품에 관한 광고를 실은 주간지를 보았던 것을 문주는 기억했다. 그것이라면 쉽게 집을 구할 수도 있을 것이었다.

21

　　경쾌한 여자의 목소리에 문주는 눈을 동그랗게 떴다. 진형의 말대로 출간 날짜를 당기기 위해 정신없이 원고를 쓰고 있던 중이었다. 날짜가 촉박한 탓인지 요즈음에는 생각보다 원고도 진전이 빨랐다. 처음처럼 몇 시간이고 앉아 개구리의 모험이나 테트리스 따위의 오락을 하지 않아도 금방 작업에 빠져들 수가 있었다. 다행스러운 일이었다.

하늘의 담임 교사에게서 전화를 받았을 때는 사업에 성공한 노인이 막 자신의 뜻을 이루기 위해 주변을 정리하기 시작하는 이야기로 들어갔을 때였다.

돌연한 전화벨 소리에 놀라 수화기를 들었을 때 여자가 반가운 목소리로 말했던 것이다. 어머니, 아무 걱정 안 하셔도 될 것 같아요,라고. 무슨 말씀이냐고 문주가 묻자 그녀가 다시 말했다.

"생각보다 하늘이가 적응이 빠른 것 같아요."

믿어지지 않는 소리였다. 문주는 수화기를 든 손을 바꾸며 물었다.

"무슨 말씀이세요."

"글쎄, 어머니 말씀 듣고 사실 저도 조금 걱정이 되었거든요. 그런데 생각보다 아이가 유순해요. 누구랑 다투지도 않고."

"행동은요. 지나치게 많이 먹는다거나 오랫동안 낮잠을 자거나 하지는 않던가요."

"아뇨. 나이에 비해 많이 먹긴 하지만 걱정할 만한 것은 아닌 것 같아요. 낮잠 시간도 적당하구요."

여자의 말에 문주는 울컥 가슴이 동글게 말리는 것 같았다.

동그랗게 속이 찬 공 같은 것이 꽉 목구멍을 메우는 것 같아 문주는 더 이상 말을 할 수가 없었다.

"다, 선생님, 덕분이에요."

"무슨 말씀을요. 하늘이가 적응이 빨라서 저도 참 기뻐요."

"무슨 전화냐."

말소리를 들은 엄마가 문을 열며 들어오는 바람에 문주는 고맙다는 인사와 함께 전화를 끊었다.

"누구니?"

"학교에서 온 전화예요. 생각보다 하늘이 증세가 괜찮은 것 같다구요. 잘 먹고 말썽도 피우지 않는데요."

"그래, 세상에 그런 신통한 일이 있니 있길. 난 하늘이 고것이 하루도 못 있고 도로 쫓겨올 줄 알았다. 정말 하늘이가 잘 지내고 있다는 거지?"

엄마 역시 아무래도 믿어지지 않는 모양이었다. 아닌게 아니라 그럴 만도 했다. 불과 어제만 하더라도 하늘인 냉장고의 김치를 다 퍼먹고는 입이 매워 펄펄 뛰며 돌아다니지 않았던가. 그것도 집 안에서뿐만 아니라 난데없이 대문 밖까지 뛰어나가는 바람에 문주가 가슴을 졸이기도 했다. 마침 외출에서 돌아오던 엄마가 앞뒤 가리지 않고 뛰어오는 하늘일 붙잡았기 망정이지 하마터면 신발도 신지 않고 언덕 아래까지 내려갈 뻔했던 것이다. 어린것이 어찌나 걸음이 빠른지 방에서 원고를 쓰던 문주

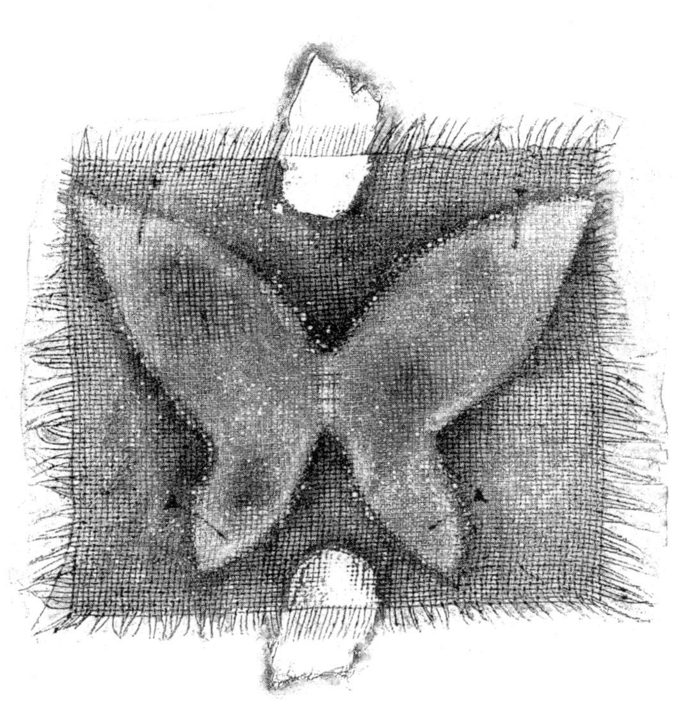

가 하늘이 나간 것을 알고 대문 밖으로 나왔을 때는 벌써 저 멀리 모습이 작아져 있었다. 어젯밤 매운기로 입 주위에 온통 붉게 퍼진 김치 자국을 보며 문주는 오랫동안 잠을 이루지 못했었다. 불쑥불쑥 나타나는 불안한 행동들을 생각하면 가슴이 터질 것 같았다. 처음으로, 어쩌면, 정말로 하늘의 증상이 쉽게 없어지지 않을지도 모른다는 불안감이 머리 속을 떠나지 않았다. 아니 오히려 더 심해질 수도 있다는 두려움, 학교보다는 차라리 데리고 있는 것이 옳을지도 모른다는 판단에 대한 의심, 그리고 차마 드러낼 수 없는 아이에 대한 애정 저편에 교묘하게 감추어져 있는 문주 자신의 이기적인, 그 어처구니없는 막연한 심상들에 대한 혐오감으로 문주는 몸을 떨었다. 하늘과 자기 사이에 정교하게 묶여진 결코 부인할 수 없는 끈으로 인해 절망했던 것이다.

"정말 잘 됐어요. 모든 게 좋아질 거예요."

불안하게 떠오르는 생각을 떨쳐버리기라도 하려는 것처럼 문주는 단호하게 말했다.

22

강 끝에서 불어오는 바람이 점점 사나워졌지만 하늘은 개의

치 않았다. 걸치고 있는 스웨터까지 벗어버리고 벌써 여러 번째 이쪽과 저쪽 끝을 뛰어다니고 있는 중이었다. 차가운 바람이 하늘의 얼굴을 스칠 때마다 여린 코끝과 두 볼이 애처로우리만큼 빨갛게 물들었다. 그만 돌아갈까 생각하다가 문주는 내처 시린 강물을 바라보았다. 지난번에 왔을 때만 해도 무서우리만큼 성성하던 잡초들은 흔적도 없이 사라지고 바람에 스러진 마른 억새들만 간간이 눈에 띌 뿐이었다. 눈이라도 금세 펑펑 쏟아질 것처럼 하늘은 움울한 빛으로 낮게 강을 덮고 있었다.

애초 이곳에 오리라 작정을 하고 온 것은 아니었다. 오히려 이즈음 문주는 세훈의 뼈를 뿌린 이곳, 남한강의 작은 줄기와는 전혀 다른 먼 곳으로 도망을 가고 싶었다. 그러나 바래다주겠다는 규회의 호의를 굳이 뿌리치고 졸음에 겨워 눈을 비비는 하늘을 업은 채 문주는 시의 경계선을 넘을 택시를 잡느라 한참을 거리에서 떨었다. 도로를 달리는 차들이 차가운 이물감으로 문주의 곁을 순식간에 지나쳐버렸다. 잠들어버린 하늘을 업은 채 문주는 강으로 내려가는 비탈진 길을 더듬더듬 걸었다. 아직 해가 지기에는 이른 시간이었지만 초겨울의 강은 충분히 시리고 우울했다.

갑작스러운 한기에 하늘이 눈을 떴고, 신기하게도 하늘은 단 한 번의 찡얼거림도 없이 문주의 품에서 내려 달리기 시작했다. 마치 놀이공원이나 동물원에 소풍을 나온 아이처럼 유쾌해 보

였다. 문주는 어리둥절했다. 제 아빠의 숨결이 깃든 곳이라는
것을 아는 것일까, 하는 의구심마저 들 지경이었다.

 규회를 만나 함께 식사를 할 때와는 전혀 다른 모습이었다.
아침에 전화를 걸어 규회는 문주에게 하늘과 함께 식사를 하자
고 했다. 또 어차피 부딪칠 일이라면 하루빨리 하늘과 친해지고
싶다고 했다. 문주는 많이 망설였다. 그러나 결국 약속 장소를
정했다. 마침 일요일이라 학교에도 가지 않는 날이었고, 내키진
않았지만 어차피 거쳐야 할 일이라면 한 번이라도 더 안면을 익
히는 것이 서로를 위해 좋은 일일 것 같다는 생각이 들었기 때
문이었다. 하늘의 머리를 빗기고, 가장 어울리는 옷을 찾기 위
해 문주는 몇 번이나 장롱을 뒤지며 마음을 졸였다. 낯선 사람
을 보고 하늘의 마음이 더욱 굳어질 것이 염려스럽기는 했지만
결코 그것만은 아니었다. 솔직하게 말한다면 문주는 어처구니
없게도 규회가 걸렸다. 그가 하늘을 보고 어떤 표정을 짓고, 또
는 어떤 생각을 할 것인지 바로 그 점이 두려웠던 것이다. 어이
없는 일이라고 생각하면서도 문주는 초조하기만 했다.

 식사는 걱정했던 대로였다. 아니 그 이상이었다. 호감을 얻기
위해 규회가 미리 사온 여러 가지 장난감들은 하늘의 발에 무참
히 뭉개졌다. 하늘은 인형을 식탁 밑에 내려놓은 채 밟기도 했
고, 때론 방향을 가늠할 수 없을 정도로 내던지기도 했다. 때문
에 홀 안을 지나던 손님이 깜짝 놀라 소리를 지르기도 해서 레

스토랑의 지배인으로부터 주의를 듣기도 했다. 문주의 손길을 마다하고 하늘은 굳이 식탁 위에 차려진 음식들을 손으로 집어 먹었다. 깨끗이 갈아입은 옷은 금세 음식으로 얼룩덜룩해졌다. 또 하늘은 잘려진 음식들을 손가락으로 휘휘 휘젓기도 했다. 하늘의 손가락으로 인해 음식들은 보기 민망할 정도로 변해 접시 위에서 떨어져나갔다. 급기야 하늘이 규회의 음식에까지 손을 댔을 때에는 규회도 도중에 식사를 그만두어야 했다. 당황하여 어쩔 줄 모르는 문주에게 그는 여전히 따뜻한 음성으로 위로했지만 그 역시 당혹감은 감추지 못하고 있었다.

그만 집으로 돌아가겠다고 문주가 말하자 그는 그러라고 했다. 하늘의 안정을 위해 그러는 것이 좋겠다고 말하고 있었지만 그는 곤혹스러운 자리에서 벗어나 조금 쉬고 싶은 것 같았다.

집까지 데려다주겠다는 그의 제의를 거절하고 문주는 택시를 기다렸다. 집에서 나올 때는 그와의 식사를 마친 뒤에 엄마의 결혼 선물을 살 생각이었다. 중도금 받은 것을 남편이 될 사람에게 줘야겠다면서 아침 일찍 집을 나서는 엄마의 뒷모습을 보며 새 집에 어울릴 만한, 또는 엄마의 표현에 의하면 운동장만 한 안방에 어울릴 수 있는 가구를 선물하고 싶다는 생각을 했던 것이다. 이사 날짜에 맞추어 주문을 해놓은 다음 저녁때 엄마를 기쁘게 해주고 싶었다. 그리고 새로 집을 얻었다는 얘기를 할 예정이었다. 집을 구하리라 마음먹은 지 이틀도 채 되지 않아 제법 깔끔한 집을 얻은 것은 일이 잘 되어가고 있다는 뜻이라는 말을 할 참이었다. 새로 얻은 집이 엄마가 살 집과 겨우 두 정거장의 거리밖에 되지 않는 것이 정말 행운이라고 말한다면 엄마도 기꺼이 눈을 흘기며 수긍할 거라는 계산이었다. 지금 생각해 보아도 쉽게 집을 얻은 것은 행운이었다. 문주가 새로 계약한 집은 10평짜리 연립이었다. 생활 광고지를 보고 전화를 걸었을 때 주인은 광고가 나간 후 처음 받은 전화라며 꽤 유쾌한 음성으로 말을 했다. 문주는 한걸음에 달려갔고, 그 집을 계약했다. 집은 문주의 마음에 쏙 들었다. 작지만 깨끗한 화장실과 싱크대며, 잘만 공간을 활용한다면 문주와 하늘이 서로 껴안고 잘 수 있는 침대를 들여놓을 수 있을 것도 같았다. 더군다나 전세를 원하지 않는 주인이 월세로 제시한 가격은 누구라도 탐낼 만큼 낮았다. 언제든지 나갈 일이 생겨도 전혀 부담이 되지 않는 조건이었던 것이다. 계약을 끝내고 돌아오는 길에 들른 가게에서 우연히 들은 말이 조금 걸리기는 했지만 그다지 염려스럽지는 않았다. 주인이 1년 이상 세를 놓지 않으려 한다는 것이 문주에겐 오히려 잘된 일인지도 몰랐다. 규회의 태도로 보아 자신 또한 1년 이상 그곳에서 지낼 확률은 지극히 낮았기 때문이었다.

그러나 문주는 가구를 고르지 못했다. 짧은 시간의 식사로 인해 문주는 이미 너무 지쳐 있었다. 빨리 집으로 들어가 쉬고만 싶었다. 그러나 이상한 일이었다. 규회의 차를 보내고 비로소 졸려하는 하늘을 등에 업은 채 뒤를 돌아다보는 순간 문주는 문득 세훈을 떠올렸다. 규회의 차가 도로 한가운데로 빠져드는 것을 보면서도 세훈을 떠올릴 줄은 전혀 짐작하지 못했었다. 그러나 하늘을 추스르기 위해 몸을 돌리는 순간 갑자기 다가선 바람에 고개를 돌리며 문주는 세훈을 떠올렸고, 그 강이 지금쯤 많이 추울지도 모르겠다는 생각을 하게 되었다. 결국 문주는 밀려오는 바람을 고스란히 맞으며 택시를 기다렸던 것이다.

사물의 경계가 희미해져 갈 무렵 문주는 자리에서 일어났다. 어린아이답지 않게 제법 골똘한 모습으로 하늘은 강을 바라보고 있었다. 문주가 부르자 올 생각은 하지 않고 물끄러미 문주를 바라보았다. 스웨터를 들고 걸어가보니 손이며 얼굴이 온통 꽁꽁 얼어 있었다.

"하늘이 많이 춥겠다. 너무 차가워서 꼭 눈사람 같아."

볼을 비벼주자 하늘이 그제야 쓰러지듯 문주의 품에 와 안겼다.

비탈길을 오르기 전에 문주는 다시 한 번 뒤돌아보았다. 어느새 발 디디는 것조차 두려울 만큼 낮게 깔린 어둠이 강을 잠식해 가고 있었다. 손을 잡은 하늘이 다리를 구부리며 칭얼거렸다. 하늘을 품에 안고 문주는 오래오래 점점 사라져가는 강을 지켜보았다. 하늘의 머리가 문주의 가슴으로 수그러들었다. 더 이상 강이 보이지 않게 되자 문주는 제법 무거워진 하늘을 추스르며 천천히 비탈길을 올랐다.

23

"어때 규회 씨랑은 잘 돼가고 있는 거지?"

진형이 다짜고짜 물었다. 딴에는 꽤 오래 참고 기다린 것이 역력한 말투였다. 낮에 통화했을 때 진형은 자서전 작업이 어느 정도 진행되고 있느냐고 물었고 문주는 그리 빨리는 아니지만 예상보다는 일찍 끝낼 수도 있을 것 같다고 대답했다. 진행 상황을 궁금해하기에 원고를 보내주겠다고 하자 차라리 와서 보겠다며 퇴근하자마자 부랴부랴 문주의 집을 찾은 것이었다. 굳이 집으로 오겠다는 진형의 의도가 무엇인지 문주는 짐작이 갔다. 진형은 규회의 일이 묻고 싶은 것이었다.

그러더니 아니나다를까 진형은 자리에 앉기가 무섭게 규회의 일을 물었다.

"응, 그럭저럭."

"무슨 대답이 그래?"

"……."

"너, 아직도 갈등하니?"

문주의 표정을 살피며 진형이 말했지만 문주는 뭐라 대답할 수가 없었다. 이미 모든 것을 진형이 다 알고 있으리라고 짐작하면서도 선뜻 무슨 말을 해야 할지 막막하기만 했다.

"너 혹시라도 그 낡은 사고로 남자 여자 규정짓는 일 따위는 하지 마라."

문주의 마음을 꿰뚫기라도 한 듯 진형이 말했다. 문주는 고개를 들어 진형을 바라보았다.

"깜짝 놀라는 걸 보니 너 그런 생각 하고 있구나."

"진형아…… 나, 요즘 힘들어."

"그래 힘든 거 다 알아, 하지만."

문주의 손을 잡으며 진형이 나직하나 단호한 목소리로 말했다.

"난, 너와 규회 씨가 잘 되길 빌어. 왜냐하면 너희 둘은 너무 잘 어울리기 때문이야. 규회 씨의, 눈에 잘 보이지 않는 아픔 같은 것, 너라면 충분히 만져줄 수 있을 거야. 규회 씨도 마찬가지고. 규회 씨, 그렇게 고루한 사람 아니야. 고루한 사람이라면 너에게 다가가지도 않았을 테지만. 네 상처, 충분히 어루만져줄 수 있을 거야."

"하지만, 하늘……."

그때 낡은 인형을 보자기로 업고 하늘이 들어왔다. 문주는 하던 말을 멈추고 하늘을 바라보았다.

학교에서 돌아온 뒤엔 날씨가 제법 쌀쌀한데도 하늘은 요즘 인형을 업은 채 계속해서 마당을 서성거리고 있는 중이었다. 알아들을 수는 없지만 딴에는 자장가인 듯싶은 노래까지 웅얼거리는 것이 아기라도 기르는 듯 신중해 보였다. 방으로 들어온 뒤에도 문주는 쳐다보지도 않은 채 하늘은 자신의 베개에 인형을 눕혔다. 그러곤 조심스레 다독였다.

요즘 들어 하늘은 또 갑작스레 조용해졌다. 괴성을 지르지도 않았고, 엄마의 화장품을 깨트리거나 문주를 때리는 일도 없었다. 대신 부담스러울 만큼의 음식을 탐하거나 간혹 아무도 보지 않는 곳에 가서 소변 따위를 슬쩍 보고 오는 일이 잦아졌다. 엄마는 그 모든 것을 약 기운 때문이라고 했다. 학교에서 어떻게 지내는지는 몰라도 집으로 돌아오면 병든 닭처럼 아이가 한쪽 구석에서만 혼자 놀 뿐 도무지 눈을 맞추려 하지 않는다는 것이었다. 그러나 의사는 모든 것이 조금씩 진척되어가고 있다고 문주에게 말했다. 더군다나 며칠 전엔 담당 교사로부터 하늘의 상태가 생각보다 훨씬 좋다는 전화까지 받지 않았던가. 문주는 그 말을 믿고 싶었다. 아이의 눈빛이 조금 어두워 보이는 게 마음에 걸리기는 했지만, 일단 문득문득 가슴을 서늘하게 하는 불안정한 행동이 점점 줄어드는 것만으로도 충분히 감사했다. 시간에 맞추어 책을 읽어주거나 놀이를 할 때에는 제법 발음을 해보려고 애도 쓰지 않던가. 조금만 더 신경을 쓴다면 어쩌면 기대 이상으로 증상이 나아질지도 모르는 일인 것이다.

문주는 무릎걸음으로 하늘에게 다가갔다. 손놀림에 맞추어 노래를 불러주었더니 문주를 쳐다보며 싱긋 웃었다. 문주는 할 수 있는 한 하늘을 꼬옥 끌어안았다. 아이의 작은 심장이 건강하게 뛰는 것이 느껴졌다. 내 딸. 이 아이가 없었다면 문주는 견디지 못했을 것이다. 세훈이 자신에게 남기고 간 그 깊고 깊은 공황감을 무슨 수로 견딜 수 있었을까. 모든 것이 하늘의 덕분이라고 문주는 믿고 싶었다.

"아주 애를 주머니에 넣어라. 그렇게 애틋해서 학교엔 어떻게 보내니?"

문주의 행동을 지켜보던 진형이 웃으며 말했다.

"하늘인 내, 부인할 수 없는 그늘의 한편이야. 뗄 수도 없고, 떼어지지도 않을……"

"누가 뭐래니, 하늘이 네 딸이야. 하지만 문주야……"

정색을 한 표정으로 진형이 바투 앉으며 문주의 손을 잡았다.

"뭐든 다 참으려고만 하지 마. 때론, 네 일에 대해서도 진지하게 생각을 해봐. 네 옆엔 어머니도 있잖니."

"……"

"난 네가 좀 환해졌으면 좋겠어, 문주야."

진지한 진형의 표정 때문이 아니더라도 문주는 맞잡은 손에서 전해오는 온기로도 충분히 진형의 마음을 느낄 수 있을 것 같았다. 잡은 손에 힘을 준 채 문주는 오랫동안 진형의 손을 놓지 않았다.

엄마가 들어온 것은 서둘러 원고를 본 진형이 나간 지 얼마 되지 않아서였다. 책상에 놓인 원고들을 치우고 있는데 문밖에서 엄마의 목소리가 들렸다. 아침 일찍 볼일이 있다고 나가더니 이제야 들어오는 모양이었다. 그러더니 어느새 마루까지 성큼 올라온 엄마가 문주의 방문을 열며 말했다.

"날씨가 보통 추운 게 아니다. 겨울이 빨리 오려나봐. 올해는 따순 집에서 편안하게 지내겠다."

더 이상 이야기를 미뤄서는 안 되겠다는 생각이 들어 문주는 자리에서 일어났다.

"엄마, 할 얘기가 있어요."

"그래, 말해 봐라. 자 앉자. 뭘 일어나고 그래."

어떻게 이야기를 꺼내야 할지 몰라 망설이자 엄마가 채근했다.

"무슨 얘긴데 그래."

"이사 날짜는 잡으셨어요."

"응, 이 달 말로 잡았다. 가만있자, 이제 겨우 열흘 남았다. 너도 이제는 필요 없는 거는 천천히 내다버리고 그래."

"중도금은 잘 갖다주셨구요."

"그럼. 돈 내미는데 부끄러워서 혼났다. 사실 말이 중도금이

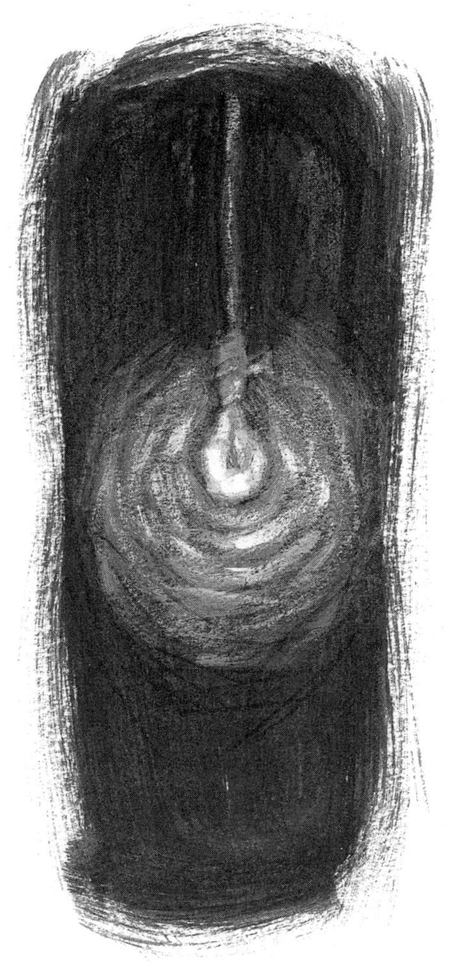

지 몇 푼 되기나 하냐. 그 집값에 비하면 어림도 없는 돈이지.”

“엄마 마음이 중요한 거죠, 뭐.”

“아닌게 아니라 그 양반도 그렇게 얘기는 하더라만.”

“왜 통 집에 안 놀러 오세요. 오시라고 해서 식사라도 따뜻하게 해드리지요.”

“글쎄 좀 와서 이삿짐 싸는 것도 돕고 밥도 먹으라고 해도, 요즘 너무 바쁘다고 저렇게 얼굴 보기도 힘이 든다. 겨우 나나 전화해야 만날 수 있다니까. 그것도 휑하니 정신없이 가버리고. 무뚝뚝하기가 꼭 생나무토막 같다.”

“바쁘신 게 좋은 거죠, 뭐.”

“그거야 그렇지. 하긴 뭐 젊은 아낙처럼 투정도 부릴 수 없는 노릇이고, 그런데 그 얘기하려구 그랬어?”

“아뇨. 저……”

“무슨 얘긴데 그렇게 뜸을 들이고 그래.”

“아무래도 같이 이사 못 갈 것 같아요.”

“그게 무슨 소리야. 이제사.”

“이사갈 집 근처에 작은 연립을 하나 얻었어요. 열 평짜린데 깨끗하고 좋아요. 엄마하고도 가까우니까 매일 볼 수도 있고,”

“절대 안 돼. 내가 무슨 영화를 보겠다고 하늘이 저것까지 버리고 가냐, 가길.”

“버리는 게 아니라 독립하는 거예요. 하늘이하고 둘이 사는 것도 괜찮을 것 같아요. 둘이 있게 되면 아무래도 의지하지 않고 신경도 더 써줄 것 같고. 증상이 나아질지도 모르구요."

"이것아."

"엄마 멀리 사는 것도 아니고 겨우 두 정거장 사이예요. 또 떨어져 있어야지 서로 더 보고 싶을 것 아니에요."

"난 모른다. 다같이 살기로 그 양반하고도 다 얘기가 끝났는데."

"두 분이 오붓하게 살아보세요. 신혼같이."

"신혼은 무슨. 징그럽다. 그저 말동무나 하려고 합치는 거지. 너랑 하늘이도 없이 내가 무슨 재미로 사냐."

"그러다 저 시집도 안 보내시겠어요."

무심코 나온 말에 아차 하는 생각이 들었지만 이미 늦은 뒤였다. 팽하니 돌아서 있던 엄마가 돌연 화색을 띠며 문주 곁에 다가앉았다.

"그럼 얘기는 잘 되어가고 있는 거냐. 그 사람하고."

"……."

"내가 보니까 사람은 참하게 생겼던데. 그래 부인하고는 이별이야, 사별이야."

"결혼 안 한 사람이에요."

"뭐라고, 그럼 총각이란 말이야."

"네……."

"그럼 그 집에서 좋다고 하시겠니."

“…….”

“허긴 그거야 당사자들 마음이지만. 여하튼 내가 너만 편한 거 보면 한이 없겠다. 하늘이는 내가 키우마. 아무 걱정 말고.”

“…….”

“왜 아무 말이 없어. 설마 네가 키우겠다는 건 아니겠지. 아예 그런 생각일랑 말아라. 나중에 다 네 짐이다.”

“엄마, 하늘이는 제 딸이에요.”

“누가 아니래. 맞아 네 딸이야. 하지만 안 된다. 더군다나 하늘이가 평범한 아이도 아니고.”

더 이상 거론하지 않겠다는 듯 엄마는 불쑥 일어나며 말했다.

갑작스러운 말을 꺼내놓고 문주는 스스로 생각해도 어이가 없었다. 아직 구체적인 말이 오간 것도 아닌데 불쑥 엄마에게 이야기를 꺼내다니. 조바심 많은 엄마가 내일부터라도 당장 문주를 채근할 것은 뻔한 일이었다. 더군다나 하늘의 문제에 대해서는 엄마에게 확실한 말조차 하지 못하다니. 내가 진실로 원하는 것은 무엇일까, 하는 의구심들이 끝도 없이 솟아올랐다.

문주는 문득 조금 전 일을 떠올렸다. 진형과 이야기를 나눌 때 몇 번이고 망설이다가 결국 꺼내지 못한 이야기였다. 사실 진형을 보는 순간부터 문주는 진형을 잡고 그 일부터 말하고 싶었다. 진형은 좋은 친구였고 누구보다도 문주를 이해했기 때문이었다. 하지만 문주는 그렇게 하지 않았다. 아니, 하지 않았다

라기보다는 하지 못했다고 하는 것이 옳을 것이었다. 어쩌면 문주는 두려웠는지도 몰랐다. 그 이야기를 하면서 자신의 속내를 드러낸다는 것이. 꼭꼭 웅크린 채 형체를 드러내지 않는 진실한 조각이 제 모습을 나타낸다는 것이.

진실을 말하면, 식사를 하는 자리에서 괴팍한 성정을 드러내는 하늘을 보고 문주가 염려했던 것은 바로 규회였다. 낯선 사람 앞에서 더욱 불안한 행동을 하는 하늘이 아니라 바로 그 모습을 바라보는 규회의 마음이었던 것이다. 그가 알 수 없는 표정을 지을 때, 식사를 하며 가끔 하늘을 바라볼 때 문주는 자신이 발가벗겨진 채 심판을 기다리는 것처럼 불안하고 답답했다. 대수롭지 않은 그의 말에 얼굴이 붉어지기도 했고, 머쓱한 그가 윤재의 이야기를 꺼낼 때는 과장되게 웃으며 물을 마시곤 했던 것이다. 하늘이 그의 음식에 손을 댔을 때는 그만 하늘을 때려주고 싶기까지 하지 않았던가. 모든 게 좋아지고 있다고 문주를 안심시키던 담당 교사에게 달려가 한바탕 욕을 하고 싶기도 했다. 아이에게 무섭거나 강압적인 표정을 보이면 절대 안 된다는 의사의 말 같은 것은 무시해 버리고 싶었다. 그의 앞에서 하늘이 좀더 얌전해질 수 있다면, 무엇이든 하고 싶었던 것이다. 그런데도 엄마에게 그의 이야기를 꺼내다니. 하늘을 맡겠다는 말을 들었을 때, 절대 그럴 수 없는 일이라고 하면서도 가슴 한쪽을 건드리고 지나가는 안도감은 어디에서 비롯된 것일까.

문주는 하늘을 바라보았다. 문주 쪽에 등을 댄 채 하늘은 무엇인가에 깊이 열중하고 있었다. 고개를 숙인 하늘은 물방울 같았다. 너무 작고 여려서 어디에라도 부딪치면 그만 폭, 하고 터져버릴 것 같이 조심스러웠다.

문주는 다가가 하늘의 어깨를 조심스럽게 안았다. 의외로 하늘은 깜짝 놀란 듯 어깨를 가볍게 떨었다. 깊이 열중한 탓에 목덜미까지 침이 흐른 얼굴을 들며 하늘은 불안하게 웃었다. 무언가 해서는 안 될 일을 했다는 뜻이었다. 무슨 일인가 궁금해 바닥을 본 문주는 그만 입을 다물고 말았다. 인형이, 하늘이 그토록 아끼던 인형이 사지가 분해된 채 여기저기에 흩어져 있었다. 이음새를 가위로 오리고 잘 되지 않는 것은 입으로 물어뜯어 하늘은 인형을 완전히 해부하고 있었다. 걷잡을 수 없이 가슴이 뛰었다. 하늘의 손을 잡고 온화한 표정을 지어 보이려 해도 자꾸 눈물이 나왔다. 하늘은 무슨 생각을 하고 있는 것일까.

24

"엄마."

활짝 열려 젖혀진 대문을 들어서며 문주는 경쾌하게 엄마를 불렀다. 목구멍이 자꾸 근질거려서 무슨 말이라도 하지 않고는 견딜 수 없을 것 같았다. 모처럼만의 평온, 또 모처럼만의 여유가 느껴지는 오후였다. 마음 같아서는 조금 이른 시간이지만 학교에 있는 하늘까지 데리고 와 엄마와 함께 모처럼의 외식을 하고 싶었다. 한번도 가보지 못했던 정원이 넓은 식당에 가서 하늘에게도 얼마든지 먹고 싶은 것을 먹도록 하고 싶었다. 그 뒤, 탈이 난 하늘이 어쩌면 택시에서 곤란한 행동을 하게 되더라도 정말 오늘만큼은 너그럽게 받아줄 수 있을 것 같았다.

그러나 어느 곳에서도 엄마의 모습은 보이지 않았다. 이상한 일이었다. 평소 외출할 때마다 엄마가 대문을 잠그지 않는다는 것은 알고 있었지만 이렇게 대문까지 활짝 열어놓은 채 다닌 일은 없기 때문이었다. 혹시 골목 끝에 있는 가게라도 간 것이 아닌가 하여 한참을 기다려보아도 어찌 된 일인지 엄마는 돌아오지 않았다.

하릴없이 마루 끝에 걸터앉아 문주는 가만히 가방을 만져보았다. 노인에게서 받은 원고료가 가방 가장 깊숙한 곳에 놓여져 있을 것이었다.

문주는 지금 막 출판사에서 돌아오는 길이었다. 좀처럼 진전이 되지 않던 작업이 후반부부터 문장이 붙기 시작하더니 바로 어제 탈고를 했던 것이었다. 문주가 생각하기에 그리 만족할 만하지는 않았지만 출간이 된다 하더라도 그런대로 별 무리는 없을 듯싶었다. 출판사에 원고를 넘기고 다시 노인을 만나 새로 프린트한 것을 따로 넘겨주고 난 뒤에야 비로소 문주는 어깨가 가벼워지는 것을 느꼈다. 노인은 한번 원고를 살펴보라는 말에 미소를 띠며 예의 그 조용한 목소리로 말했다. 잘 쓰셨겠죠. 전 이제 여한이 없습니다, 라고. 그러면서 미리 이야기가 되었던 금액 말고도 성의 표시라며 굳이 다른 봉투를 문주의 손에 쥐어주었다. 당혹스러웠지만 문주는 굳이 사양하지 않았다. 문주는 원고를 받아드는 노인의 조심스러운 움직임에서 비로소 인생의 한 부분을 마무리지었다는 안도감을 느꼈다. 처음으로 이런 직업, 어느 누군가의 고단했던 생의 일부를 남겨주는 일에서 보람을 느낄 수도 있다는 생각을 하기도 했다.

그런저런 생각들을 떠올리며 문주는 다시 마루에서 일어나 마당을 서성거렸다. 그때 마루에 놓여 있는 괘종시계가 다섯 번, 길고 느리게 시간을 알렸다. 잠깐, 혹시 그 사람을 만나러 이렇듯 정신없이 엄마가 나간 것은 아닐까, 하는 생각을 떠올리던 문주는 돌연 가슴 한 구석으로 깊이 파고들어오는 괘종시계 추의 울림에 걸음을 멈추었다. 가슴 한쪽으로 사막에서 밀려오는 모래바람이 채곡채곡 쌓이는 것 같은 먹먹함을 느낀 것도 바로 그때였다.

그제야 문주는 집 안을 둘러보았다. 살림의 때가 묻은 낡고 정겨운 물건들이 없어진 자리가 휑하긴 하더라도 어쩐지 집 안은 지나치게 황량해 보였다. 그러고 보니 엄마의 방문은 급하게 뛰어나간 흔적이 역력한 모습으로 벌컥 제껴져 있었다.

문주는 서둘러 방 안으로 들어가보았다. 허물을 벗어놓은 듯 고스란히 가라앉은 엄마의 외투가 방 한가운데에 놓여 있었고 벗다 만 것이 분명할 스타킹 한쪽은 전화기 앞에 동그랗게 말려 있었다. 덜컥 불안한 생각이, 문주의 머리를 휩쌌다.

안개처럼 차오르는 어떤 예감으로 제대로 신발도 신지 못한 채 문주는 다시 대문 밖으로 뛰어나갔다. 그러나 그뿐, 단 한 발자국도 나가지 못한 채 문주는 망연히 서 있을 수밖에 없었다.

어처구니없게도 하늘이 낯선 여자와 함께 나타날 때까지 문주는 골목 모퉁이에 쪼그리고 앉아 있었다. 엄마의 전화를 받고 난 뒤 정신없이 뛰어나가 아이를 찾아 헤매고 난 뒤였다. 걷잡을 수 없이 불안한 상념들이 도무지 문주를 움직이지 못하도록 하고 있었다.

하늘이 어디론가 사라졌다고 말하며 엄마는 울고 있었다. 잘못 들은 것이 아닌가 하여 문주가 아무 말도 하지 못하자 엄마는 계속해서 말했다. 하늘이, 그 어린것이, 어쩌거나 그 어린것이, 감쪽같이, 정말 감쪽같이 사라졌대야, 문주야.

경위는 이랬다. 마침 구에서 주최하는 무료 인형극이 열린다

기에 담당 교사는 아이들을 모두 이끌고 구민회관으로 향했다
고 했다. 날씨가 조금 추운 것이 마음에 걸리기는 했지만 사명
감에 불타는 그녀는 다소 성향이 우울한 아이들에게야말로 꿈
과 희망이 철철 흘러내리는 인형극을 보여야 한다고 생각했던
것이다. 인형극은 충분히 유익한 것이었지만 보통의 아이들과
는 조금 다른 이 아이들은 방망이만 한번 두드리면 피카추도 나
오고 황금 사자도 나오는 도깨비 인형극이 그리 흥미롭지만은
않았던 모양이었다. 아이들 중의 누군가가 잠이 들고, 또 심한
가려움증을 느낀 아이 하나가 조용한 실내에서 울기 시작하고,
또 누군가는 정확하지 않은 발음으로 화장실을 찾았을 때 담당
교사는 등 뒤에서부터 서늘한 땀이 흐르는 것을 느꼈다고 했다.
그 소란한 틈으로 키가 작은 하늘이 총총 사라져가고, 아이 하
나를 화장실에 데리고 갔다가 돌아왔을 때까지도 그녀는 그때
까지 아무 소리 없이 앉아 있던 하늘이 없어졌을 거라고는 꿈에
도 생각하지 못했다는 것이었다. 한참 동그란 뿔을 가진 도깨비
가 욕심꾸러기들을 혼내고 비로소 흥미를 갖기 시작한 아이들
이 잠잠해질 때 그녀는 무심코, 정말 아무 생각 없이 아이들의
머리 수를 헤아려보았는데 가운데 얌전히 있어야 할 하늘이 없
어졌다는 것이었다.

　마침 엄마는 막 외출에서 돌아와 외투를 방바닥에 벗어두고
스타킹을 돌돌 말아 내던진 다음 피곤에 지친 발뒤꿈치를 주무

르고 있던 중이었다. 벼락같이 울리는 전화벨 소리를 투덜대며 받으며 엄마는 전화기 뒤쪽에 있는 볼륨을 줄이기도 했다는 것이었다. 처음, 두려움으로 가득 찬 담당 교사의 목소리를 들었을 때도 엄마는 잘못 걸려온 전화로만 알았다고 했다. 횡설수설하는 여자의 말에 엄마는 짜증스러움을 느꼈고 막 전화를 끊어버리려는 찰나에 비로소 하늘이 어디론가 사라져버렸다는 사실을 알게 되었다고 했다. 그런 다음 미처 벗지 못한 스타킹은 그대로 신고 새로 산 코트까지 걸치지 못한 채 엄마는 여자가 기다리고 있다는 구민회관으로 뛰어갔던 것이었다.

엄마의 그런 전화를 받았을 때도 문주는 선뜻 아무것도 할 수가 없었다. 도대체 어디서부터 하늘을 찾아야 할지 막막하기만 했다. 그러다 경찰서를 생각해 냈고, 길을 잃었을 때 여자아이는 무조건 왼쪽으로만 걷는다는, 누군가에게 들었던 이야기를 떠올리며 구민회관으로 뛰어가보기도 했다.

미아 실종 담당자는 종내에 짜증스러운 목소리로 전화를 받으며 말했다. 아주머니, 다 찾고 있다니까 왜 자꾸 전화하세요. 이러면 오히려 더 힘들어져요. 아주머니께서는 갈 만한 곳에 연락이나 해놓고 일단 기다리세요.

그리고 더 이상 어떻게 해야 할까 하는 막막함에 몸을 떨고 있을 때 낯선 여자의 손을 잡은 하늘이 나타났던 것이었다. 많이 울었는지 빨갛게 상기된 볼이 추위로 온통 갈라져 있었고,

필시 거리를 헤매며 묻히고 다녔을 더러운 먼지들이 호두껍질처럼 단단하게 하늘을 감싸고 있었다.

하늘을 알아본 문주는 정신없이 뛰어가 하늘의 손을 낚아챘다. 데리고 온 여자의 의아해하는 표정도 개의치 않고 하늘을 때리기 시작했다. 처음 있는 일이었다. 너무 어리고, 또 너무 가엾고 안쓰럽기만 하던 하늘이었다. 하지만 문주는 두 주먹으로 하늘을 때리기 시작했고 결국엔 매를 견디지 못한 하늘이 자신의 허벅지를 깨물었을 때에야 그 자리에 주저앉았다. 도저히 그칠 것 같지 않는 눈물이 목덜미로, 가슴으로 타고 흘러내렸다.

그때 막 골목을 들어서던 엄마가 질겁을 하며 하늘과 여자를 데리고 집으로 들어갔다.

"글쎄, 저도 이상해서 아이를 유심히 보았어요. 날도 추운데 보호자도 없는 것 같아서."

엄마가 상황을 묻자 여자가 말했다. 그녀가 하늘을 발견한 곳은 구민회관과 멀지 않은 전철역 부근에서였다고 했다.

"이상해서 천천히 따라가보았는데, 아무래도 예사 아이 같지 않더라구요. 어린아이가 어디서 저런 힘이 있을까 싶게 끝도 없이 걷다가도 문득문득 거리에 서서 주변을 살펴보드라고요."

여자는 하늘에게 다가가서 이름을 물어보았지만 하늘은 두려움에 가득 찬 눈으로 여자를 볼 뿐 아무 말도 하지 않았다고 했다. 어리기는 했지만 제 이름 정도는 충분히 말할 수 있는 나이로 보았던 여자는 그제야 하늘이가 여느 아이와는 다른 표정을 가지고 있다는 것을 눈치 채게 되었다고 했다.

"그래서 차근하게 아이를 살펴보다가 다행히 주머니 안쪽에 적혀 있는 주소를 보게 된 거예요. 그래서 전화를 했는데 아무리 해도 신호만 가드라구요. 그러다가 아무래도 다들 아이를 찾으러 나간 것 같아 그냥 데리고 왔어요."

"세상에 그랬군요. 우린 그런 줄도 모르고, 쟤가 좀 아픈 애라서 정신없이 찾아만 다녔어요."

코끝을 훔치며 엄마는 그제야 울기 시작했다.

"너무 감사해요. 어떻게 이 은혜를 갚아야 할지."

"아뇨. 저도 좋은걸요."

여자가 안방에서 나오는 기척이 들리자 마루 끝에 앉아 이야기를 듣던 문주는 그제야 뭔가 보답해야 한다는 데 생각이 미쳤다. 언뜻 노인에게서 받은 사례금 봉투가 생각나 문주는 서둘러 여자의 손에 그것을 쥐어주었다. 처음엔 기겁을 하며 손을 내젓던 여자는, 곧 어색하게 웃으며 봉투를 받아들곤 총총히 대문을 빠져나갔다.

하늘의 얼굴은 새하얗게 질려 있었다. 아이는 마루 끝에 앉아 둥글게 몸을 말고 두려움에 가득 찬 시선으로 문주를 바라보고 있었다. 문주는 무릎걸음으로 하늘에게 다가가 손을 내밀었다. 움찔, 하고 하늘의 어깨가 미세한 경련을 일으켰다. 문주는 천

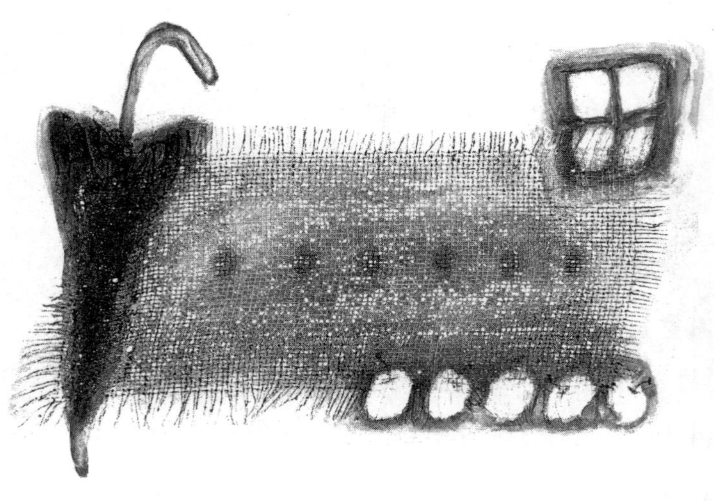

천히 하늘을 끌어안았다. 경직되어 있던 하늘이 잠깐 거부의 뜻을 비쳤지만 곧 조용히 문주에게 몸을 맡겼다. 문주는 할 수 있는 한 몸을 폈다. 작은 하늘의 몸이 어느 한 곳으로라도 빠져나가지 못하도록 넓게 아주 넓게.

25

문주는 음악을 틀었다. 언젠가 그에게서 택배로 받은 세 장의 음반 중 「목신의 오후」였다. 부드럽고 섬세한 선율이 훈훈한 방 안을 느리게 유영했다. 간혹 짜증을 내기는 했지만 하늘은 힘겹게 힘겹게 퍼즐을 맞추어나가고 있는 중이었다. 리본을 단 노란 고양이가 하늘에 의해 조금씩 제 모습을 드러내고 있었다. 작고 둥근 얼굴에 뿌듯한 자신감이 조금씩 번지는 것을 문주는 놓치지 않았다.

그날 아이를 찾아 헤맨 뒤로 문주는 더 이상 하늘을 학교에 보내지 않았다. 담당 교사는 거듭 미안해하며 사과를 했지만 결코 여자에 대한 불신감이나 염려 때문에 그런 것은 아니었다. 문주는 그저 예전처럼 집에서 하늘을 살피고 있는 중이었다. 달라진 것은 별로 없었다. 하늘은 가끔씩 곤란한 행동을 하기도 했고 또 가끔씩은 보통의 아이들과 전혀 다를 바 없이 밝게 웃

기도 했다. 달라진 것이 있다면 문주와 하늘이 눈을 맞추는 시
간이 조금은 늘어났다는 것이었다. 자서전 작업도 이젠 끝이 났
고 당분간은 급하게 처리해야 할 일도 없었다. 어디 취직을 하
는 것이 좋지 않을까, 하는 생각을 잠깐 하기도 했지만 문주는
그만두기로 했다. 많은 액수는 아니었지만 조금만 더 생활비를
저축한다면 조금 더 많은 시간을 하늘과 지낼 수 있을 것 같기
도 했기 때문이었다.

"넌 할 일은 다 한 게야. 그렇게 한가하게."

웬일인지 엄마는 잔뜩 화가 난 사람처럼 얼굴이 굳어 있었다.

"들어오세요, 엄마."

서둘러 음악을 끄며 자리를 권했지만 엄마는 그 자리에 서서
못마땅한 얼굴로 문주를 바라보았다.

"내일 이사간다는 애가 이렇게 한가해도 되냐구. 짐이라도
챙겨야 할 것 아냐."

"짐이랄 게 뭐 있나요. 책도 다 묶어놨고 옷도 챙겨놨으니까
걱정 마세요. 어차피 이삿짐 센터에서 다 해주기로 했으니까
요."

"그릇은, 찬거리는. 책만 보면서 살 수 있대니."

"내일 슈퍼에 가서 필요한 것만 조금 사죠, 뭐. 가스레인지랑
냉장고 따위는 전자 대리점에서 직접 배달해 주기로 했고요."

"아주 신났구나. 안 하는 척하면서 도망갈 준비는 차근차근

잘도 했네. 그래서 기분이 좋아 음악만 듣고 있는 거야?"

"엄마!"

"부르지도 마, 이것아. 내가 너한테 질렸다. 어쩜 애가 그리도 매정하니. 너 그렇게 아무렇지도 않게 행동하는 것 보면 아주 몸에서 찬바람이 쌩쌩 분다."

"엄마 애기처럼 또 그런다. 옆집이나 마찬가진데 왜 그래요."

"그래도 그게 같이 사는 거랑 같애? 으이그, 내가 늘그막에 무슨 호강을 하겠다고 너랑 생이별을 하는지 모르겠다."

털썩 주저앉는 엄마의 눈이 급기야 촉촉해졌다. 마지막 퍼즐을 맞추던 하늘이 놀란 표정으로 일어나 문주의 팔을 잡았다.

"하늘이 저것도 눈에 밟혀서 어떻게 살려나."

"매일 놀러 갈게요. 하늘이도 어차피 저 일 시작하면 엄마가 봐주셔야 하구요."

"나도 모르겠다. 네 고집을 내가 어떻게 말리니."

"엄마."

어리광을 부리듯 문주는 엄마의 품으로 빠져들어갔다. 눈을 흘기면서도 엄마는 과히 싫지 않은 눈치였다. 숨죽이고 앉아 동정을 살피던 하늘이 손뼉을 치며 덩달아 문주의 허리를 끌어안았다. 엄마의 땀 냄새가 코끝으로 스며들었다. 탄력 없이 늘어진 엄마의 젖가슴에 코를 박고 문주는 그 냄새를 즐겼다. 옅은 화장수 냄새가 풍기는 듯도 했지만 오랜 세월 엄마의 몸에 박힌 그 냄새는 엄마의 또 다른 모습에 다름 아니었다.

"그리고 너 그 사람 좀 한번 데리고 오라니까 왜 아무 소식이 없니."

"……."

"허긴 여기보다는 새 집에서 얘기하는 게 네 위신도 설 게다. 이사하거든 꼭 한번 초대해라. 아이고, 난 너 가지고 갈 찬거리나 좀 싸야겠다. 그래도 집에 먹을 게 있어야지. 그렇다고 해서 너 발 뚝 끊으면 가만 안 놔둘 줄 알아. 에미 이사가기 전에는 아침은 힘들더라도 저녁은 꼭 여기 와서 먹고."

"엄마."

"왜?"

"아니에요."

"무슨 말인데, 그래?"

"아니에요. 나중에 말씀드릴게요."

"싱겁기는……."

엄마는 들어올 때와는 달리 홀가분한 표정을 지으며 밖으로 나갔다. 엄마에게 말을 꺼내지 않은 것은 잘한 일이라고 문주는 생각했다. 모처럼의 희망에 문주와 헤어지는 것조차 기꺼워하는 지금, 굳이 답답한 자신의 심정을 이야기한다는 것이 오히려 엄마의 마음을 심란하게 하는 것밖에 되지 않을 것 같았다. 자신에 관한 이야기라면 아직 시간이 있는 것이다. 이사를 마친 뒤에나 혹은 엄마의 식이 끝난 후에라도.

내친김에 방 정리라도 해야겠다고 문주는 생각했다. 책은 대충 묶어놨다 하더라도 액자나 자질구레한 소품 따위는 아직 손을 대지 못했던 것이다. 그때 하늘이 다 맞춘 퍼즐을 자랑스레 문주 앞에 내놓았다. 열두 조각의 퍼즐 조각은 어느새 앙증맞은 고양이로 변해 있었다.

"어유, 우리 하늘이가 어려운 걸 다 맞추었네."

문주가 놀라운 표정을 짓자 하늘의 얼굴이 발그레 벌어졌다.

"이젠 엄마가 더 어려운 거 사줘야겠네. 하늘이는 충분히 할 수 있을 거야."

제법 여문 티가 나는 하늘의 입술을 문주는 가볍게 만져주었다. 흰 이를 드러내며 하늘이 문주의 품으로 뛰어들었다. 하늘의 머리카락에 코를 박고 문주는 힘껏 하늘을 안아주었다. 여리고 비릿한 하늘의 살 냄새가 가슴 속으로 온전히 전해져왔다.

26

아무래도 날씨가 심상치 않았다. 때늦은 비가 무서운 기세로 마당에 내리꽂히고 있었다. 지붕이라도 뚫을 것 같은 굵은 빗줄기에 사나운 바람까지 가세하고 있었다. 이중으로 된 창문이 금방이라도 깨질 듯 무기력하게 덜거덕거리며 흔들렸다. 텔레비전에서는 때늦은 태풍이 한반도 상공을 강타하고 있다며 레인코트를 입은 아나운서가 흥분한 목소리로 집중호우 지역을 보도하고 있었다. 온통 비에 젖은 가옥이며 도로들이 화면 위로 나타났다 빠르게 사라졌다. 컴퓨터 의자에 앉아 아나운서의 안경 위로 빗물이 흐르는 것을 문주는 물끄러미 바라보았다. 뉴스를 듣지 않았다 하더라도 문주는 집이라도 날려버릴 듯 회오리를 일으키며 불어대는 바람 때문에 도저히 이사할 엄두가 나지 않았다. 이삿짐 센터에서 신경 쓰지 않도록 모든 것을 해준다고는 했지만 영 내키지 않았다. 서두르더니 기어코 일이 심란하게 되었다며 엄마는 못마땅한 얼굴로 마당과 문주 방을 오가며 뭐라 중얼대고 있었다. 그러나 마음과는 상관없이 일은 진행되고 있었다. 가전제품 가게에서만 비가 조금 그친 뒤에 물건을 배달하겠다고 전화를 했을 뿐 이삿짐 센터는 막무가내로 일을 강행하려 했다. 이미 예약된 것은 어쩔 수 없다는 것이었다.

그러던 것이 급기야 일이 터지고 말았다. 폭풍으로 축대가 무너진 어느 비탈진 건물에 화면이 클로즈업될 때였다. 융통성 없는 이삿짐 센터를 욕하며 안방으로 들어가던 엄마가 돌연 비명 소리를 질렀다. 처음엔 무엇인가 바람에 날리는 소리이거나 화가 난 엄마의 푸념이겠거니 했다. 그만큼 웬만한 소리는 다 흡수해 버릴 정도로 바람 소리가 예사롭지 않게 사정없이 불며 집을 온통 흔들어대고 있었다. 그런데 하늘의 얼굴이 심상치 않았다. 하얗게 기가 질린 하늘이 성급하게 방문을 열고 들어와 문주의 품으로 달려들었다. 무언가에 놀란 듯 불안정하게 몸이 흔들렸다. 하늘아, 왜 그래. 무슨 일이야. 물어보아도 고개를 들려하지 않았다. 그제야 심상치 않은 생각이 들어 밖을 나가보았으나 달리 이상한 점은 보이지 않았다. 빗줄기만 점점 사나워지고 있을 뿐이었다. 아마도 거센 빗줄기에 놀란 모양이라고 생각하며 다시 방으로 돌아오려다 문주는 무심코 반나마 문이 열린 안방 쪽을 들여다보다, 순간 놀라 그 자리에 서고 말았다. 엄마가 방 한가운데에 쓰러져 있었던 것이다. 엄마의 얼굴에 온통 붉은 피가 흘러내리고 있었다. 뒤를 따라오던 하늘이 다시 비명을 지르며 문주에게 매달렸다. 하늘을 떼어내고 문주는 서둘러 안방으로 들어섰다. 그러다 문득 느껴지는 아픔에 발을 들여다보았다. 예리한 유리 조각 하나가 발꿈치를 파고들고 있었다. 내려다보니 방바닥이 온통 유리 조각 투성이었다. 그러고 보니 안방쪽으로 나 있는 커다란 유리창이 완전히 조각나 있었다. 깨진유리 조각이 엄마의 얼굴을 뚫고들어간 것 같았다.

서둘러 안방에서 끌어낸 뒤 들여다본 엄마의 얼굴은 상태가심각했다. 얼굴이 온통 날카로운 유리로 뒤덮여 있었다. 유리가박힌 곳마다 붉은 피가 솟아올랐다. 문주는 갑자기 가슴이 뛰기시작했다. 정신없이 몸을 흔들어보았으나 엄마는 꼼짝도 하지 않았다. 정신을 잃은 듯했다. 급한 김에 얼굴에 박힌 유리 조각을 빼내보았지만 부질없는 짓이었다. 서걱거리는 유리의 감촉만 섬뜩하게 느껴질 뿐이었다. 어떻게 해야 좋을지 판단이 서지 않았다. 바로 그때 그가 나타났다. 우산을 받쳐들고 대문을 들어서는 그를 보자 문주는 갑자기 시야가 뿌예졌다. 길을 잃고 헤매다 아는 사람을 만난 것처럼 턱없이 긴장이 풀렸다. 그러나 반가운 마음에 반해 몸은 꼼짝도 할 수가 없었다.

"무슨 일이에요?"

엄마를 발견한 그가 우산을 내팽개친 채 마루로 올라왔다.

"유리창이 깨졌어요. 바람 때문에 엄마에게로 날려온 것 같아요."

그가 성큼 엄마를 업으며 말했다.

"빨리 병원으로 가야겠어요. 밖에 차가 있으니까 하늘이 옷이나 입혀서 빨리 나와요."

문주는 서둘러 병원으로 향했다.

"정말 다행이에요. 이사하는 날 비가 너무 와서 걱정이 돼서 와봤는데."

언덕으로 내려갈 때 엄마를 바라보며 그가 말했다. 문주는 진심으로 그에게 감사했다. 그가 오지 않았다면 어쩔 뻔했을까. 아무 것도 판단하지 못한 채 당황하기만 했을 일이 생각할수록 아찔하기만 했다.

그때 물보라를 일으키며 이삿짐 센터의 차가 언덕 위로 올라 왔다. 문주가 탄 차를 스쳐지나갈 때 언뜻 커다란 탑 위로 낯익 은 전화번호가 보였다. 그제야 차가 오기로 했던 일이 문주는 생각났다. 그러나 어쩔 수 없는 일이었다. 엄마가 이렇게 된 이 상 이사를 할 수는 없지 않은가. 도리 없이 엄마의 이삿날에 맞 추는 수밖에 없다고 문주는 생각했다.

"그만하길 정말 다행이에요."

자판기에서 커피를 빼오며 그가 말했다. 문주는 아래가 내려 다보이는 유리창에 얼굴을 대고 있었다. 어느새 자지러질 듯한 바람도 잦아들어 3층에서 내려다보이는 도로는 다시 적막한 추 위 속에 함몰되고 있었다. 대신 끝이 보이지 않는 비가 지루하 게 도로를 적시고 있을 뿐이었다.

"정말 고마웠어요."

커피 잔을 받아들며 문주는 진심으로 그에게 말했다.

"규희 씨가 와주지 않았다면 너무 힘들었을 거예요."

"고맙긴요. 어머니한테 점수 딸 기회가 생겨서 오히려 전 좋 은데요."

겸연쩍게 웃으며 그가 말했다.

"상태가 심하지 않아서 정말 잘 됐어요. 얼마나 병원에 계셔 야 한대요?"

"오늘만 지나면 곧장 퇴원할 수 있대요."

"그렇게 빨리요. 정말 잘 됐군요."

"흉터나 남지 않아야 할 텐데, 걱정이에요."

"괜찮으시겠죠. 생각보다 상처가 깊지 않다니까."

커피를 마시며 문주는 엄마가 누워 있는 병실 쪽을 바라보았다.

그나마 상처가 그 정도에 머문 것이 다행이라면 다행이랄 수 있었다. 얼굴에 온통 피가 흐르던 것에 비하면 그리 상처가 깊지 않다고 의사는 말했다. 큰 유리 조각이 박힌 몇 군데나 살짝 꿰매고 나머지는 유리를 뺀 뒤 소독을 하면 내일이라도 당장 퇴원을 한 뒤 통원치료를 하면 된다는 것이었다. 그러나 안도하면서도 문주는 어쩐지 마음이 편치 않았다. 이제 일주일만 있으면 새로운 생활을 하게 될 엄마에게 심하지 않다 하더라도 얼굴에 흉터가 생긴다는 것이 어쩐지 마음에 걸렸다. 물론 수줍은 새색시는 아니었지만 어쨌거나 엄마에겐 조심스럽기만 한 결혼 생활이 새로 시작되는 것이다. 그런데 흉터라니. 마취에서 깨어난 뒤 상심할 엄마를 생각하면 문주는 가슴이 아팠다.

"무슨 생각을 그렇게 해요."

갑작스러운 소리에 문주는 화들짝 놀랐다.

"왜 그렇게 놀래요. 뭔가 깊은 생각을 했나봐요."

"아, 아니에요. 그냥."

"그나저나 하늘이가 많이 놀랐나봐요. 내처 잠만 자는 걸 보면."

"예, 사고를 처음 보았으니까요."

"진형 씨 말로는 무슨 학교 기숙사에 보낸다고 들었는데. 아직 결정을 하지 않았나봐요."

커피를 마시며 그가 말했다. 무심을 가장하고 있었지만 그의 목소리에서 긴장이 느껴졌다. 창밖을 바라보던 문주는 덜컥, 자신의 몸이 심연으로 가라앉는 소리를 들었다. 무거운 납덩이 하나가 자신의 몸에 꼼짝없이 매달려 있는 것 같았다. 이것이었을까. 그가 하고 싶어하던 말이.

"사실은 할 얘기가 있어서 왔어요. 전화로 할까 하다가 이삿짐이라도 나르면서 자연스럽게 하는 게 좋을 것 같아서."

빈 커피잔을 손가락으로 빙빙 돌리며 그는 선뜻 말을 하지 못했다.

"아버님이, 문주 씨를 보고 싶어해요. 이번 주라도 만나서 날짜를 잡는 게 어떻겠냐고…… 제가 그렇게 하자고 말씀드렸어요. 어차피 시작할 일이면 빨리 진행하는 것이 좋겠다고 생각했어요. 문주 씨 의견을 묻지 않은 건 잘못이지만…… 거절하지 않았으면 좋겠어요."

단숨에 말을 마치고 그는 숨이 찬 듯 빈 커피잔을 입에 가져다 댔다. 어느새 그의 얼굴이 붉게 물들어 있었다. 급기야 빈 잔을 손안에 집어넣어 구기며 그는 문주가 그랬던 것처럼 비에 젖은 도로를 내려다보았다.

"전⋯⋯."

선뜻 무슨 말을 해야 좋을지 몰라 문주가 머뭇거리자 그가 다시 말했다.

"그렇게 알고 전 이만 가볼게요. 전화할게요, 문주 씨."

그러곤 말을 끝내자마자 빠르게 복도를 향해 걸어가버리는 것이었다. 그 역시 문주가 고민하고 있는 것이 무엇인지를 알고 있는 것이었다.

곧 그의 모습이 시야에서 사라지자 문주는 천천히 병실을 향해 걸었다. 그의 말이, 아직까지 귀끝에 남아 문주의 마음을 뒤흔드는 것 같았다.

"나 어떻게 된 거냐."

깨어나 있었던 듯 들어서는 문주를 보며 엄마가 일어나는 시늉을 했다.

"일어나지 마세요."

"얼굴이 아주 못쓰게 된 거야. 이렇게 붕대로 칭칭 동여맨 것을 보니."

"아니에요. 유리가 많이 박혀서 다 떼어내고 치료를 했어요. 내일이면 퇴원할 수 있다니까 걱정 마세요."

"넌 이사는 한 게야?"

"엄마 할 때 같이 하기로 했으니까 걱정 마세요."

"계약금이랑 다 날렸겠다."

"그런 걱정 마시래두요. 그나저나 어떻게 된 거예요."

"글쎄다. 낸들 아니. 바람이 너무 심하다 싶어 창문 틈이 조금 열렸기에 닫으려고 가는데 갑자기 유리창이 깨지면서 내게로 확 떠밀리지 않겠니."

"그만하길 다행이에요. 그나마 옷을 단단히 입으셔서 얼굴에만 상처가 난 거래요."

"하늘이도 많이 울었을 텐데. 어떻게 여기까지 왔니."

"그, 사람이, 왔어요."

"누구, 그 총각?"

"예."

"네 이삿짐 날라주러 왔었구나."

"예."

"그랬구나. 그런데 어디 있어. 벌써 간 게야?"

"예. 볼일이 있다고 하기에 가라고 했어요."

"너한테 단단히 맘이 있기는 있는갑다. 이사라도 하면 내가 만나서 자세한 얘기 좀 해야겠다. 그런데 네 얼굴이 왜 그러냐. 꼭 한바탕 운 사람 같다. 뭐 안 좋은 일이라도 있었던 거야?"

"아니에요. 조금 피곤해서요."

"허긴 너도 많이 놀랬을 것이다."

"……."

"그나저나 연락은 했니?"

"무슨 연락요?"

"그 양반한테 말야. 나 다쳤다고 전화했냐고."

"아뇨, 못 했어요."

"해야지. 문병이라도 올 것 아냐. 요즘 바쁘다고 도무지 얼굴을 볼 수가 없으니 다쳤다고 하면 오겠지. 이사갈 것도 의논해야 하는데. 병원에 입원했다고 하면 암만 바빠도 오겠지. 네가 전화 좀 해라."

전화번호를 적어주고 엄마는 어린아이처럼 채근했다. 성화에 못 이겨 밖으로 나오기는 했지만 문주는 그와 통화를 해야 한다는 게 어쩐지 내키지 않았다. 이제 곧 엄마의 남편이 될 사람이었지만 사실 문주는 그를 진심으로 받아들일 준비가 아직 되어 있지 않았다. 굳이 다른 살림을 내기로 작정한 이유 중의 하나도 그에 대한 불편한 심정이 작용했다는 것을 부인할 수는 없었다. 물론 그에 대한 어떤 좋지 않은 감정이 있는 것은 아니었다. 그는 지리한 엄마의 인생에 활기를 준 사람이었다. 엄마로 하여금 누군가를 위해 다시 화장을 하는 기쁨을 준 사람이었다. 그와 같이 산다면 다시는 엄마가 생계를 위해 남의 집 일을 하러 나갈 일은 없을 것이었다. 그런 그를 싫어할 이유는 하나도 없었다. 하지만 문주는 그가 불편했다. 엄마와 그와 가까워질수록 어쩐지 허전했다. 가끔 그런 생각을 할 때마다 어린아이 같은 자신의 감정을 스스로 비웃기도 했지만 어쩔 수 없는 일이었다. 문주는 자판기 앞으로 다가가 커피를 한 잔 뽑았다. 감미료가 많이 들어간 커피는 달고 느끼했다. 공중전화 앞에서 오래오래 커피를 마시며 문주는 자신을 달랬다.

　안녕하세요. 저 문주예요. 몇 번을 입 속으로 되뇌었지만 문주는 결국 말을 할 기회를 갖지 못했다. 그가 전화를 받지 않았던 것이다. 길고 지루한 전화벨 소리가 귓속으로 들어와 울리기만 할 뿐 저쪽에서는 아무런 반응이 없었다. 열 번째 신호를 끝으로 문주는 수화기를 내려놓았다. 일을 나갔을지도 몰라. 일요일이긴 하지만 누구에게나 급한 일은 있는 법이니까. 엄마에게 해줄 말을 연습하며 문주는 병실을 향해 천천히 걸어갔다.

27

"이 양반이 도대체 뭔 일이랴. 이사갈 날은 사흘밖에 안 남았는데 도통 코빼기도 안 내비치고."

병원에서 퇴원해 돌아오자마자 엄마는 전화 옆에 앉아 화를

냈다. 여기저기 연고며 거즈를 붙인 탓인지 누군가와 한바탕 할
퀴며 싸움이라도 한 것처럼 얼굴이 험상궂게 보였다.

"바쁜 일이 있나 보죠, 뭐. 요즘은 바쁜 게 좋은 거래요."

"암만 바쁘다고 전화도 못 하냐. 가구도 들여놔야 하고, 할
일이 얼마나 많은데."

"아직도 전화 안 받으세요?"

"그래. 소귀신 마냥 꼼짝도 안 하고 전화벨만 울린다. 그놈의
소리 하도 들었더니 지금도 귀가 다 멍멍하다."

"전화하시겠죠, 뭐 오늘이라도."

"아니야, 아무래도 뭔 일이 있는 것 같아. 사고가 났든지."

"집엘 한번 가보시지 그러세요. 살림 정리도 할겸."

"집을 몰라. 빨래 한번 해준다고 그렇게 가자고 해도 창피하
다고 통 안 가르쳐주더라. 다 늙어가지고 뭐 가릴 게 있다고."

"주소도 모르세요?"

"모른다니까 화곡동이라는 것밖에는."

"이사갈 집 계약은 누구 이름으로 했는데요."

"맞다, 문주야. 그 양반 이름으로 했으니까 그 집 사람들이
주소를 알고 있을 거야."

"이쪽 계약서는 그분이 가지고 계세요?"

"그렇지. 내가 뭐 하러 가지고 있니, 귀찮게. 안 되겠다. 나
그 집 좀 다녀오마. 주소 알아가지고 아예 그 양반 집까지 들렀

다가 올게. 늦을지도 모르니까 나 기다리지 마라."

정신없이 엄마가 나가고 난 뒤 하릴없이 집 안을 서성이다가 문득 떠오른 생각에 문주는 진형에게 전화를 걸었다. 무슨 이야기든 진형과 이야기를 나눈다면 마음이 조금은 안정될 수도 있을 것 같았기 때문이었다.

"어, 문주구나. 그래, 어머니가 다치셨다면서. 내가 진작 전화하려고 했는데. 미안하다, 정말."

뜻밖에도 그녀는 벌써 엄마의 사고 소식을 알고 있었다.

"소식도 빠르다."

"그럼 내가 소식통인 거 몰랐어. 너 이번 주말에 규회 씨 아버님 만나기로 한 것도 안다. 그나저나 너 결혼 날짜 잡으면 나한테 중매 턱 단단히 내야 한다."

"진형아, 나 실은……."

"어, 잠깐만 문주야."

그때 전화기 저쪽에서 누군가 진형을 불렀기 때문에 문주는 하고 싶은 말을 참아야 했다.

"어, 그래. 무슨 얘긴데."

"아, 아냐. 지금 바쁜가봐."

"응, 조금."

"그래 그럼 나중에 전화할게."

"그럴래? 나 실은 지금 사장실에 들어가봐야 하거든. 우리 나중에 통화하자. 어쨌든 문주야 축하한다."

전화를 끊은 뒤 문주는 한참을 그 자리에 앉아 있었다. 뭔가 꼭 해야 할 말을 빼먹은 것처럼 허전하고 답답했다. 축하한다던, 진형의 밝은 음성이 그때까지 들리는 듯했다. 그녀는 문주가 곧 결혼하리라는 것을 믿어 의심치 않는 것 같았다. 그러나 왜인지 문주는 오히려 결혼이라는 단어가 낯설기만 했다. 그와 정말로 살 수 있는 것일까. 문주는 믿어지지도 않았고 자신도 없었다. 그와 하늘을 동시에 사랑할 자신이 없었던 것이다. 그런 의미에서 문주는 엄마가 부러웠다. 아무런 거침이 없이, 두려움도 없이 자신의 사랑만을 향해 나아가는 엄마의 확신이 새삼 아름답게 느껴지기도 했다.

서둘러 나갔던 엄마가 돌아온 것은 해가 거의 질 무렵이었다. 마루에 앉아 하늘이와 함께 아이스크림을 먹던 문주는 웬일인지 힘없이 들어서는 엄마를 바라보며 마루에서 일어섰다.

"벌써 오세요. 가신 김에 모처럼 식사라도 하고 오시지."

그러나 엄마는 아무 반응이 없었다. 아무 말도 하지 않은 채 마루로 나가 탄식처럼 한숨을 내뱉었다.

"다 끝났다, 문주야."

엄마가 말했다. 깊이를 알 수 없을 만큼 어두운 목소리였다. 그제야 가까이 다가가보자 쉰 술 냄새가 몸에서 풍겨나왔다. 그러고 보니 점점이 밝혀 있는 상처 사이로 취기에 물든 엄마의 붉은 얼굴이 보였다. 울었는가도 싶게 불규칙적으로 흔들리는 두 눈이 충혈되어 있었다. 문주는 문득 불안해졌다. 오랫동안 잊고 있던, 언젠가 아버지가 돌아가시던 날 저녁의 불길함이 느껴졌다. 아무 말 없이 앉아 있는 엄마에게서 돌이킬 수 없는 체념의 기운이 묻어났다.

"무슨 일이에요, 엄마."

"다 끝났다. 다 끝났다구."

마른 어깨가 흔들리는가 싶더니 급기야 엄마는 마루로 허물어졌다. 선뜻 말을 걸지 못하고 문주가 마루에 앉자 참았던 눈물이 복받치는 듯 어깨를 들썩였다.

이사를 갈 수 없게 되었다고, 엄마가 말했다. 계약이 어느새 해지되었다는 것이었다. 뿐만 아니라 이미 다른 사람이 사흘 뒤에 입주하기로 되어 있다고 했다. 가슴이 답답하다며 엄마는 입고 있던 옷의 단추를 하나씩 풀어헤치고 목덜미를 긁어댔다.

"그게 무슨 말이에요, 엄마. 그럼 그분은 만나보셨어요?"

"만났지. 만나야지."

"뭐라고 얘기를 해요."

"얘기하면 뭐 하나. 문주야 속이 답답하다. 가서 술 좀 사와라. 그거라도 마셔야지. 안 그러면 가슴이 터질 것 같다."

"너무 많이 마셨어요. 들어가서 좀 쉬세요."

"뭐 한 일이 있다고 쉬냐. 멀쩡하게 눈 뜨고 사내한테 눈 멀어서 금쪽 같은 집까지 두 손으로 갖다 바친 년이. 네가 안 사오면 내가 사오마."

비스듬히 누워 천장을 바라보던 엄마가 순식간에 일어났다. 술에 취한 사람이라고는 믿어지지 않게 빠른 동작이었다. 놀란 문주가 팔을 잡아보았지만 소용이 없었다. 휘적휘적 팔을 내두르며 대문을 나서는 엄마를 문주는 안타까운 시선으로 바라볼 수밖에 없었다. 그때 돌연 중심을 잃고 흔들리는가 싶더니 엄마가 대문 밖으로 스러졌다. 달려가 엄마의 목을 끌어안은 문주는 그만 놀라고 말았다. 풀어헤쳐진 엄마의 가슴이 온통 손톱 자국으로 붉게 부풀어올라 있던 것이었다.

28

분주한 틈에서 하늘은 고양이 퍼즐을 맞추고 있었다. 자주 만지작거린 까닭에 퍼즐 조각의 끝이 뭉툭하게 닳아 두 갈래로 벌어져 있었다. 그러나 하늘은 벌써 몇 시간째 제법 능숙하게 그림을 맞추고 다시 엎어버리는 일을 지치지도 않고 하고 있었다. 간혹 짜증스러운 표정을 지으며 인부들이 바쁘게 하늘을 피해 짐을 날랐다. 짐이랄 것도 없었다. 열 평짜리 연립에 들어가기에는 살림이 너무 많다 싶어 이것저것 없애다보니 자질구레한 보따리만 몇 개 남았을 뿐이었다.

큰 것을 이미 남에게 주어버린 뒤 헛헛함을 메우려 엄마가 행여 먼지라도 앉을세라 윤기나게 걸레질을 하던 올망졸망한 항아리는 평소 탐을 내던 통장집 여자에게 주어버렸다. 소금을 담아두는 작은 항아리까지 여자가 모두 싣고 간 뒤 구청에서 운영하는 재활용 센터의 직원들이 몰려왔다. 세훈과 결혼할 때 혼수품으로 마련했었던 문주의 장롱과 화장대를 나르며 직원들은 새로운 색조를 의논하곤 했다. 직원들이 웅성거리는 소리를 듣고 나와 엄마가 그들에게 새로 산 화장대도 가져갈 것을 요청했다. 이건 너무 새것인데요. 아주머니, 후회하십니다. 난감한 기색으로 그들이 만류했지만 엄마는 단호했다. 안 가져가면 다 부셔버릴 거니까 가져가세요. 필요 없는 물건이니까.

남은 가구는, 최대한 옷을 많이 넣을 수 있는 서랍장 두 개와 대부분 낡아 새것으로 바꾸려 했던 전자제품, 컴퓨터와 몇 묶음의 책들뿐이었다.

이리저리 움직이며 짐을 정리할 때 전화벨이 울렸다. 엄마가 받겠지, 했지만 무얼 하는지 전화벨은 계속 울려댔다. 문주는 서둘러 방으로 들어갔다. 뜻밖에도 엄마는 남자에게서 받아온 듯한, 이제는 아무 필요도 없는 계약서를 들여다보고 있었다. 엄마 뭐 하시는 거예요. 수화기를 들며 말해 보았지만 엄마는 아무런 대꾸도 하지 않았다.

"여보세요."

일을 한 탓인지 목소리가 지나치게 크게 나왔다. 그러나 저쪽에서는 아무런 반응이 없었다.

"여보세요. 말씀하세요."

재차 다그쳤지만 머뭇거리는 기색을 보이다 전화는 결국 끊겼다. 엄마가 고개를 들고 문주를 바라보았다. 잘못 걸린 전화예요. 무심코 말하고 나오다 문주는 문득 걸음을 멈추었다. 그 사람일지도 모른다는 생각이 들었던 것이다. 무슨 생각인지 엄마는 침묵하고 있는 전화기를 뚫어져라 바라보고 있었다. 그때 다시 전화벨이 울리기 시작했다. 긴장한 탓인지 벨소리가 유난히 크게 느껴졌다. 문주가 서둘러 다시 받으려고 하자 엄마가 말했다. 내가 받으마. 그러나 수화기를 들고 엄마는 막상 아무 말도 하지 않았다. 입을 굳게 다문 탓인지 많이 긴장한 것처럼 보였다.

한참을 수화기에 귀를 대고 있던 엄마가 말했다. 이젠 됐어요. 엄마는 애써 담담해하고 있었다. 무슨 말이라도 해야 하는 것은 아닐까, 생각하다가 문주는 그냥 안방을 나왔다. 무슨 말을 한들 엄마에게는 아무런 도움도 되지 못한다는 생각이 들었던 것이다.

엄마는 꼬박 하루를 앓고 난 뒤 일어났다. 오랫동안 병석에 누워 있었던 사람처럼 몸이며 얼굴이 많이 상해 있었다. 더군다나 얼굴 여기저기에 붙어 있는 거즈나 붉은 딱지 때문에라도 엄마는 누군가와 한바탕 뒹굴며 싸움이라도 끝낸 사람같이 보였다. 그 사람에게 부인이 있더라. 목이 타는지 두 잔의 물을 연거푸 마신 뒤 엄마는 남의 일처럼 무심하게 말했다.

"죽었다고 했잖아요. 벌초까지 하러 가고."

문주가 따지듯 묻자 엄마는 자조적으로 푸, 웃었다.

"글쎄 말이다. 남의 묘에 가서 절하고 벌초하고. 내 꼴이 우습게 됐다."

물 한 잔을 더 마신 뒤 엄마는 문주를 외면한 채 다시 자리에 누웠다. 이불 위로 비죽이 드러난 엄마의 어깨가 안쓰러울 정도로 마른 것을 문주는 바라보았다.

그의 주소를 알아보기 위해 이사할 집으로 간 엄마는 어이없는 소리를 듣고 그만 그 자리에 주저앉았다고 했다. 어느새 계약이 파기되고 다른 사람이 이사를 오기로 했다는 것이었다. 불과 며칠 전만 하더라도 들렀던 집인데 있을 수 없는 일이라고 하자 주인 여자는 오히려 볼멘 소리로 엄마에게 말했다. 아저씨한테 가서 따져보세요. 속이 탄 건 저희가 더했으니까요. 무슨 영문인지를 몰라하는 엄마에게 여자가 계속 말했다. 계약금 몇 푼 주고 중도금 주기로 한 날짜는 이 핑계 저 핑계 대고 미루더니 결국 파기하자고 아저씨가 찾아왔더군요. 사정이 안 좋게 돼서 도저히 입주를 할 수가 없게 되었다고. 저희도 부랴부랴 다시 집 내놓느라고 복비가 얼마나 더 들었는지 아세요. 정신을 차릴 수가 없어 물 한 잔을 얻어마시고 엄마는 여자가 알려준 주소로 남자를 찾아갔다고 했다. 요절을 내리라, 근처 슈퍼에서 소주까지 사서 마신 뒤 미로 같은 길을 허우적허우적 올라가 남자의 집을 들이닥쳤지만 결국 엄마는 아무것도 할 수가 없었다고 했다. 엄마의 돈으로 걸판지게 상이라도 차렸을 것을 기대했던 것과 달리 남자가 한층 더 초췌한 얼굴로 술을 마시고 있었기 때문이었다. 울기라도 했던가. 소주병을 손에 든 채 벽에 기대고 있던 남자가 기다렸다는 듯 충혈된 눈으로 엄마를 바라보았다. 할 말을 잃고 서서 엄마는 집 안에서 밀려나오는 악취에 코를 막아야 했다. 굴 속 같은 집 안에서 엄마는 죽은 듯이 누워 있는 그의 부인을 발견했고, 여자의 허옇게 타들어간 입술을 보게 되었다. 술에 취한 남자가 흐느끼며 엄마에게 말했다. 벌써 십 년째요. 차라리 죽은 게 낫지만 차마 죽게 놔둘 수가 없었소. 내 신장을 떼어주려 해도 서로 맞지 않아 그럴 수도 없다고 하고…… 다른 사람과 바꾸어 해보려 해도 그놈의 수술비 때문에……. 그때 잠에서 깨어난 여자가 기어와 엄마에게 매달렸다. 죽을 죄를 졌어요. 저 양반이 나 좀 살려보겠다고 정신이 나갔어요. 장기를 팔려다 사기까지 당하더니 그만 아주머니까지 속이고…… 다 나 때문이에요. 차라리 나를 죽여줘요.

더 이상 아무 말도 하지 못한 채 엄마는 남자의 집을 빠져나와야 했다.

"다 됐는데요. 출발할까요."

인부 중의 한 사람이 문주에게 걸어와 물었다. 주로 그릇과 옷가지를 정리하던 여자였다. 어느새 다른 사람들은 모두 차 안에 들어가 있었다.

"네, 그러세요. 주소는 다 아시죠. 저희도 금방 따라갈게요."

문주가 대답하자 목에 둘렀던 수건으로 몸의 먼지를 털며 여자가 밖으로 나갔다. 시동을 걸고 기다리던 차가 빠르게 골목을 빠져나갔다. 문주는 애써 쾌활한 목소리로 안방을 향해 말했다.

"엄마, 나오세요. 다 끝났어요. 이젠 우리 집으로 가요."

29

짐을 다 옮기고 나자 집은 마치 난쟁이가 사는 곳처럼 작게 느껴졌다. 낮은 천장이며 알록달록한 캐릭터가 그려져 있는 벽지가 그런 생각을 갖게 했다. 변기에 걸터앉아 하늘이 신기한 듯 몇 번이고 물을 내렸다. 쏴아, 물 내려가는 소리가 집 안에 가득 찼다. 생전 치우지도 않고 살았나. 아무리 닦아도 때깔이 안 나. 문틀을 닦으며 엄마가 두런거리는 소리를 문주는 가만히 들고 있었다. 새로운 집에 도착하자마자 엄마는 고개도 들지 않은 채 거실의 문틀을 닦아대고 있는 중이었다.

"뭐라도 드시고 하셔야죠."

문주가 다가가 말하자 엄마가 말했다.

"그러자, 거기 싱크대 옆에 중국집 스티커가 붙여져 있던데 자장면이나 한번 시켜봐라. 오랜만에 한번 먹어보자. 그리고 앙콤이 아줌마한테 전화 좀 해봐라. 그놈의 여편네 지난번에 지 아들 놈 욕 좀 해줬더니 삐쳐가지고 생전 연락도 안 해. 이사해 놓고 전화도 안 했다고 또 화낼라."

말을 하면서도 엄마는 타일에서 눈을 떼지 않았다. 고무장갑도 끼지 않은 채 스펀지에 표백제를 묻혀 타일에 붙은 오래된 물때를 지워내고 있는 중이었다. 손이 상하니 고무장갑이라도 끼라고 말하려다가 문주는 그만두었다. 몇 번이고 같은 자리를 닦아내는 엄마의 행동이 타일에 묻은 물때를 닦아낸다기보다는 어쩌면 자신의 가슴 한 구석에 눌어붙은 어떤 앙금을 지워내려는 것처럼 느껴졌기 때문이었다. 문주가 바라보는 것도 의식하지 못한 채 엄마는 입을 꼭 다물고 일에 열중하고 있었다.

문주는 전화기 앞으로 다가가 천천히 버튼을 눌렀다.

"예, 허규흽니다."

벨이 울리자마자 곧 그가 전화를 받았고, 그의 음성을 듣는 순간 문주는 다시 한 번 가슴이 밑바닥으로 가라앉는 소리를 들었다.

"여보세요."

아무 말도 하지 않자 그가 부드러운 음성으로 물었다. 문주는 그제야 머뭇머뭇 말을 꺼냈다.

"저, 문주예요."

"아, 문주 씨. 그렇지 않아도 오늘쯤 전화하려고 했어요."

전화를 건 사람이 문주라는 것을 안 규회의 음성이 순간 엷은 흥분으로 흔들렸다. 그의 환한 미소가 눈앞에 보이는 듯해 문주는 가슴이 아팠다.

그러나 마른침을 삼킨 뒤, 문주는 제 자신에게 다짐이라도 하듯 또박또박 말했다. 고마웠다고, 잊지 못할 거라고. 훌훌 그냥 떠나기엔 해야 할 일이 너무 많다고.

규회는 아무 말도 하지 않았다. 거친 그의 숨소리만 전화선을 타고 말없이 들려올 뿐이었다.

문주는 문득 전화를 내려놓았다. 그제야 다급하게 그녀를 부르는 규회의 목소리가 이명처럼 들려왔다. 전화기를 내려놓자마자 벨소리가 급하게 들려오기 시작했지만 문주는 받지 않았다.

문주는 문득 집에 두고 온 음반을 떠올렸다. 언젠가 그가 보내 준 세 장의 음반. 그 음반을 받고 당황하여 마루를 서성거리고 또 서성거리던 일이 먼 옛날처럼 아득하게만 느껴졌다. 한쪽 구석에 놓여 있는 음반을 이삿짐 센터의 사람들이 막 싸려고 할 때 문주는 그들에게 말했다. 그냥 두세요. 이곳에 오는 분들께 선물로 드리고 싶어요,라고. 그리고 집을 나서다 마루에 덩그마니 남아 있는 세 장의 음반을 보았을 때 문주는 비로소 되뇌었다. 이제 제자리를 찾은 것뿐이야. 길고 긴 미로를 거쳐 제 갈 길을 가는 여행자나 아니면 잠시 길을 잘못 든 잠수함 같이.

집요하게 울리던 전화벨이 어느 순간 뚝 끊어지자 문주는 비로소 다시 수화기를 들었다.

엄마가 말한 대로 붉은 바탕에 금테를 두른 스티커가 가스 밸브 옆에 붙어 있었다. 전화번호를 누르자 금세 젊은 여자의 목소리가 튀어나왔다. 자장면을 시키며 위치를 어떻게 설명해야 할지 몰라 문주가 머뭇거리자 여자가 건물의 이름을 물었다. 송이 연립 삼백 사 혼데요. 문주의 대답에 여자가 반색을 하며 목소리 톤을 높였다.

"아, 동현이네군요. 그런데 목소리가……."

"예, 오늘 새로 이사를 왔어요."

"아 그랬군요. 그 애기 엄마가 자장면을 워낙 좋아해서 저희 단골이었죠. 금방 갖다드릴게요. 감사합니다."

여자가 수화기를 내려놓기도 전에 주방 쪽에 소리를 질렀다. 자장 셋 배달. 여자의 말을 다시 한 번 반복하는 누군가의 목소

리를 들으며 문주는 수화기를 내려놓았다. 자장면 소리를 들은
하늘이 빼꼼 고개를 내밀고 문주를 바라보고 있었다.

생활적(生活的)

김형중 문학평론가

1

사진이 말끔히 타버렸다. 노르스름한 연기가 차차 가늘어진다. 진영은 연기가 바람에 날려 없어지는 것을 언제까지나 쳐다보고 있었다.

"내게는 다만 쓰라린 추억이 남아 있을 뿐이다. 무참히 죽어버린 추억이 남아 있을 뿐이다!"

진영의 깎은 듯 고요한 얼굴 위에 두 줄기 눈물이 흘러내리고 있었다. 겨울하늘은 매몰스럽게도 맑다. 잡목 가지에 얹힌 눈이 바람을 타고 진영의 외투 깃에 날아내리고 있었다.

"그렇지, 내게는 아직 생명이 남아 있었다. 항거할 수 있는 생명이!"

진영은 중얼거리며 잡나무를 휘어잡고 눈 쌓인 언덕을 내려오는 것이다.

– 박경리, 「불신시대」에서

그리고 집을 나서다 마루에 덩그마니 남아 있는 세 장의 음반을 보았을 때 문주는 비로소 되뇌었다. 이제 제 자리를 찾은 것뿐이야. 길고 긴 미로를 거쳐 제 갈 길을 가는 여행자나 아니면 잠시 길을 잘못 든 잠수함같이.

– 양선미, 「문주」에서

양선미의 작품들을 읽으면서 내내 머리를 떠나지 않는 단어가 하나 있었다. '생활적'…….

손창섭의 1954년 작 단편의 제목이기도 한 이 단어는 50년대 소설들의 전반적인 경향과 비교해볼 때 아이러니한 것이 아닐 수 없다. 50년대 소설들에서 그야말로 '생활적'인 인물들을 찾기란 거의 불가능하기 때문이다. 처음엔 전쟁이 준 환멸과 허무로부터 시작한 근거 있는 절망들이, 얼마 지나지 않아 그 연원이 되었던 상처들에 대한 탐구는 흔적도 없이 사라지고, 거의 선험적이고, 존재론적인 것이 되어버린 채, 망상과 무기력, 퇴행 그리고 포즈화되고 사변화된 반항의 몸짓들로 관성화된다. 「잉여인간」이나 「미해결의 장」(손창섭)의 등장인물들이 공유하고 있는 무기력과, 현실로부터의 완벽한 리비도 집중 철회가 그렇고, 「요한시집」이나 「원형의 전설」(장용학)의 인물들이 보여주는 사변적인 퇴행 욕구가 그러하며, 「오발탄」(이범선)의 철호가 보여주는 우유부단한 햄릿적 고뇌가 또한 그러하다. 다만 거의 유일하게 생활적인 인물이 하나 있다면 그는 바로 앞에서 인용한 박경리의 「불신시대」에 등장하는 인물 '진영'이다. 그 무수한 잉여인간들(대부분이 남성들인) 사이로 약을 잘못 써 죽어버린 아이의 위패를 태워 가슴 속에 추억으로 묻으며 산을 내려오는 진영의 생명력은 실로 무서우리만큼 생활적인 데가 있다.

그러고 보면 90년대 이후의 우리 소설들은 50년대 전후 세대 소설들과 닮은 점이 참 많다. 이데올로기적 실험의 처참한 실패, 그로부터 유래된 후일담들이 얼마간 주류 행세를 하다가, 이내 이전 세대의 모든 업적들을 무로 돌리려는 새로운 세대들의 거친 반항으로 귀결되는 행보가 그러하다. 다만 다른 점이 있다면, 50년대 작가들은 너무 진지했으며 너무 우울했던 반면 우리 시대의 젊은 작가들은 너무 가볍고, 너무 현란하단 차이 정도일 것이다.

너무 가볍고 현란하단 말은 무엇보다도 그들의 소설이 생활로부터 너무 멀리 떨어져 있다는 의미로 쓰는 말이다. 여행자, 테러리스트, 엽기적 살인자, 문화 탐식가 등등(나는 지금 주로 남성작가들의 주인공을 염두에 두고 있다)은 엄밀한 의미에서 현실적인 직업이라고 볼 수 없으며, 그러므로 그들은 생활인이 아니다. 직업이 없다는 말은 결국, 그들이 사회·경제적인 맥락 속에 뿌리를 둔 구체적인 인물이 아니며, 따라서 그들의 절망이나 반항 또한 구체적인 이유나 전망을 가진 것이 아닐 가능성이 많다는 말이다(사족을 붙이자면 이들 중 백민석만은 예외로 두고 싶다). 그런 이유로, 비난을 무릅쓰고 그들의 절망이나 반항을 포즈에 불과하다고 말하는 것이다.

그런 맥락에서 양선미의 소설을 읽으면서 내내 나는 그녀가 어쩌면 우리 시대의 젊은 박경리가 아닐까, 문주가 바로 진영은 아닐까 하는 생각을 지울 수 없었던 것이다. 그만큼『문주』는 90년대 이후 우리 소설에 만연한 사변과 선험화된 절망, 포즈화된 반항과 아무런 상관없이, 우뚝, 홀로, '생활적'이었던 것이다.

2

『문주』에는 요즘 소설들에 너무 빈번한 두 가지가 전혀 없다. 그녀의 소설에 존재하지 않는 이 두 가지가 그녀의 소설을 '생활적'이라고 부를 수 있는 근거가 되어준다.

우선 아무리 눈을 뒤집고 찾아도 그녀의 소설에는 추상명사나 상징이 없다. 말하자면 그녀는 자신이 다루는 소재들, 인물들, 그 인물들이 사는 공간들이 그 외부의 보다 큰 가치나, 현실 초월적 의미를 향해 상승하도록 배려하지 않는다. 몇 번 반복됨으로써 상징성을 획득하지 않나 싶던 이미지들도 이내 의미의 확장을 포기하고 일상적인 의미 안에 그대로 주저앉는다. 예를 들어, 문주의 어머니가 재혼 후 살고 싶어하던 '마당에 나무가 있는' '파란 기와를 얹은 이층집'은 몇 번의 반복을 통해 상징의 자리를 차지하는 듯하지만, 이내 말 그대로 '그저 지금보다 조금 더 넓고 깨끗한 주거공간'으로서의 축자적 의미를 벗어나지 못함이 밝혀진다. 그곳은 새로 맞아들일 남편과, 홀로 하늘이를 기르는 딸 문주와 도란도란 살아가기에 적합하기만 하면 그만인, 말 그대로 생활의 방편 외에는 아무런 의미도 없는, 그냥 '집'이다. 기와의 푸른색도, 마당에 심어진 나무도 축자적 의미 이상의 상징성을 부여받지는 못한다. 그러니, 어머니의 이 집에 대한 욕심은 요즘 흔한 말로 '존재의 시원'을 향한 회귀의 여행이라거나, 모든 이분법이 와해되는 모성적 자궁으로의 퇴행, 혹은 체계로부터의 탈주가 아니었던 것이다.

그런 사정은 주인공 문주 자신에게도 마찬가지인데, 규회가 자신의 작업실에 마련한 그녀를 위한 아름다운 공간 역시 전혀 상징이 되지 못하기 때문이다. '직사각형 모양의 방 한쪽은 통

유리로 이루어져 있'고, '주변에 높은 건물이 없는 탓인지 눈부시도록 파란색의 하늘이 벽지처럼 방 안을 은은히 감싸고 있'으며, '방의 안쪽에는 앉은키 높이의 오디오와 대형 스피커가 양쪽 벽에 등을 대고 비치 의자를 향하고 있'는 이 아름다운 공간을 문주는 규회 대신 딸 하늘이를 택함으로써 포기한다.

꿈꾸기에도 벅찰 만큼 그녀의 주인공들은 스스로를 강하게 생활 속에 결박함으로써 모든 절망도, 슬픔도, 상처도, 희망도 거기서부터 유래하게 만든다. 연원도, 목적도 없는 절망과 반항의 포즈를 그들은 전혀 알지 못한다.

그러나 생활에 결박당해 옴짝달싹 못 하는 대신 그들이 얻는 것은 감정의 사치로부터의 자유이다.

그녀의 소설에 또 하나 없는 것은 텔레비전이다. 그녀의 단편들(「푸른 용」「사월의 눈」「차를 타고 안개 속으로」)에서도, 그리고 이 소설 『문주』에서도 텔레비전은 전혀 찾아볼 수가 없다. 텔레비전을 즐겨 보지 않는 작가라면 그럴 수도 있는 거 아니냐고 쉽게 넘어가기엔 사정이 그리 간단치만은 않다. 이 시대가 문화 체험 없이는 소설도 쓸 수 없을 것처럼, 대중 문화에 대해 호들갑스런 시대이기 때문이다. 사실상 우리 시대의 젊은 작가들에게 '생활'이 없는 이유는 그들이 문화적 2차 체험으로부터 소설의 소재나 모티브를 주로 차용해 오기 때문이라고 해도 과언은 아닐 것이다. 바로 그런 이유로 절망은 연원도 없이 이미 존재하는 자명한 사실이 되고, 반항도 대중 문화의 스타들이 그렇듯이 포즈에 불과하게 되지 않을 수 없는 것이다. 전망 또한 온갖 식상한 수사와 상징으로 뒤덮인다. 전망이 생활로부터, 현실로부터 추출된 것이 아니기 때문이다.

그러나 양선미는 자신의 주인공들이 사용하는 모든 방에서 텔레비전을 없애버리고, 그들에게 영화도 한 편 보여주지 않고, '커트 코베인'입네, '레이지 어게인스트 더 머신'입네 하는 그럴듯한 이름의 문화 영웅들에 대해서도 무지하게 함으로써 동시대의 젊은 문제 작가군에서 일찌감치 스스로를 벗어나게 만든다.

그렇게 '이미지적 글쓰기'랄지, '대중문화 체험의 소설화' 등의 틀에 박힌 찬사를 포기함으로써 그녀와 그녀의 주인공들이 얻는 것은 '겉멋'과 상품화로부터의 자유이다.

3

현란한 상징과 유행에 대한 유혹을 이겨냄으로써 양선미가 얻은 것들은 더 있다. 우선 그녀는 『문주』라고 하는 다소 촌스러울 만큼 멋없는 제목의 단아한 소설 하나를 얻었다. 화려한 문체를 위해 감정을 과장하지도 않고, 충격과 흥미를 위해 소설

곳곳에 피칠갑을 하거나 땀에 젖은 육체들을 뒤엉키게 하지도 않으며, 체험과 사색의 치열함보다는 설익은 지식으로부터 유래한 그럴듯한 전망을 내세우지도 않는 두 겹의 사랑 이야기 『문주』는 온전히 그 모든 유혹을 이겨낸 작가 스스로가 받아야 할 커다란 선물이다.

그러나 그녀가 얻은 더 아름다운 선물은 무엇보다도 자신의 주인공인 문주의 딸 '하늘'이라 해야 맞을 것 같다. 남편 세훈이 문주에게 덩그마니 남겨두고 떠난 자폐증의 딸아이 하늘이는 전 시대가 우리에게, 그리고 또한 작가에게 남겨두고 훌쩍 떠나버린 상처가 아닐는지. 그러고 보면 하늘의 자폐증은 자못 의미심장한 데가 있다. 누구누구처럼 스스로를 386세대라고 자랑스럽게 내뱉지도 못하는 무수한 전 시대의 '생활적'이었던 사람들이, 아직도 규회의 LP 레코드판처럼 낡았지만 향수 어린 눈빛으로, 그러나 하늘이처럼 말도 못하고 사람 만나는 일도 제대로 치러내지 못하는 채 그렇게 살고 있지 않던가? 문주는 당당하게도 그 상처를, 말로 표현할 수 없어서, 안으로만 깊어진 전 시대의 그 처참한 상처를 오래오래 자기 몫으로 감당하겠단다. 상처란 감당하는 자에게만 치유될 수 있는 것이란 사실이 맞는 말이라면, 그 상처를 껴안는 것은 문주에게나 작가에게나 다 선물이 아니겠는가? 하늘이는 그러니 분명 작가가 깨달은 지혜가 결과한 선물임에 분명하다.

　물론 『문주』는 그녀가 껴안기로 한 상처의 크기에 합당한 찬사를 받을 것 같지는 않다. 그녀는 문제작을 쓸 작가는 아니다. 만약 이 소설이 문제작이 될 수 있다면 그것은 이 소설이 갖는 '비교 우위' 때문일 것이다. 동시대 다른 작가들이 흉내내기 힘든 건강함과 치열함이 그 비교 우위의 비결이다. 그러니 이 소설이 그 자체로 문제적이 되기를 기대해서는 안 될 것이다. 그러나 다행히 작가 자신도 스스로 문제적이 되고자 하는 기대 따위는 버린 지 오래인 듯싶다.

　소설을 보면 대개 작가의 됨됨이를 안다는 말을 믿는다. 그녀의 소설은 그녀가 유행의 선두에서 문제적이 되는 따위의 욕심과는 거리가 먼 작가임을 믿어 의심치 않게 한다. 다만 묵묵히 '생활적'인 채로 부지런히 소설을 쓰다가, 또 다른 『토지』 하나를 우리 문학사에 더하길 바랄 뿐이다.

　「불신시대」의 작가가 그러했듯이, 그녀도 꼭 그럴 수 있을 것만 같다.

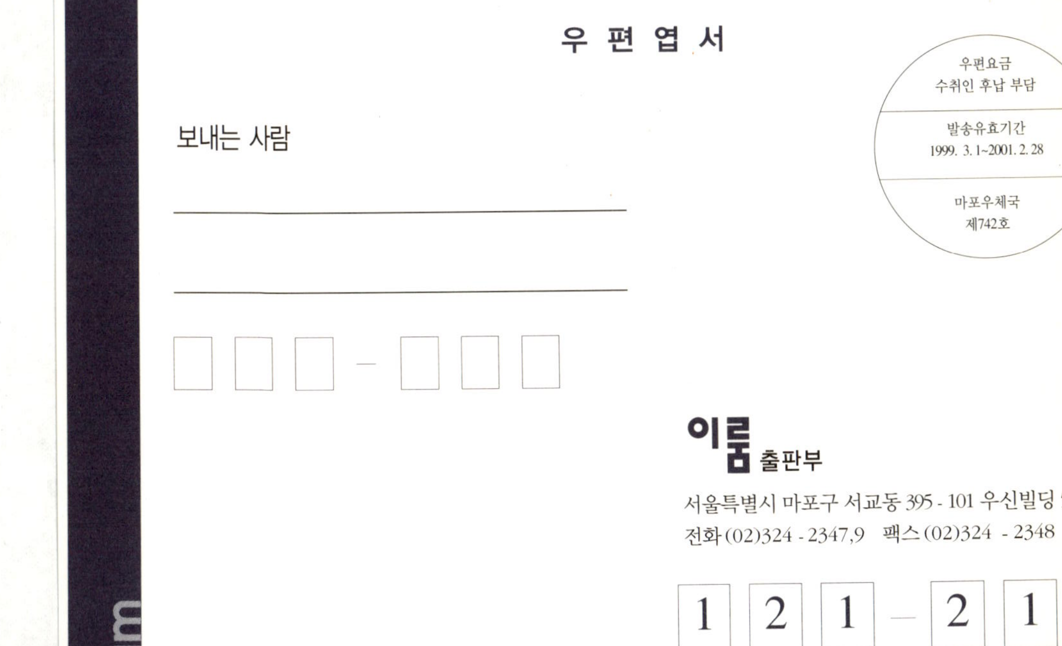

우 편 엽 서
보내는 사람
우편요금
수취인 후납 부담
발송유효기간
1999. 3. 1~2001. 2. 28
마포우체국
제742호
이룸 출판부
서울특별시 마포구 서교동 395 - 101 우신빌딩 5층
전화 (02)324 - 2347,9   팩스 (02)324 - 2348
1 2 1 - 2 1 0
Erum